शंखनाद

वत्स

आपको समर्पित

स्व. राजदेई सिंह

(दियावाँ)

क्रम-सूची

परिचय

हम अक्सर उस ज़िंदगी का चुनाव करते हैं, जिस पर हमें यक़ीन होता है। लेकिन, क्या कभी सोचा है कि यह यक़ीन कितना सच्चा है? अगर बुद्ध ने अपने महल से बाहर एक कदम भी नहीं रखा होता, तो क्या वह उसी महल को सत्य मान लेते? यह विचार हमें इस सत्य को जानने की आवश्यकता पर विचार करने को मजबूर करता है।

सत्य की खोज में इस देश के कई विद्वान लगे हैं, लेकिन एक ऐसा मार्ग है जो अपेक्षाकृत सरल और सहज है—प्रेम का मार्ग। इस मार्ग पर सबसे बड़ी शर्त यह है कि हमें "मैं" को खोना होता है। प्रेम हमें उस आकाश में उड़ने की क्षमता देता है, जहां हम अपनी सीमाओं से परे जाकर नई ऊँचाइयों को छू सकते हैं।

अपने बारे में लिखना हमेशा चुनौतीपूर्ण होता है, लेकिन मुझे आपको बताना है कि मेरे बचपन का एक बड़ा हिस्सा इस शहर में बीता है—इलाहाबाद! हाँ, वही इलाहाबाद, जहाँ अमिताभ बच्चन का नाम लिया जाता है। यह वही शहर है जहां मौलवी भी तुलसीदास के पदों को दोहराते हैं, और जहाँ आज भी कोहरे में नमाज़ की गूंज सुनाई देती है। यह साहित्य और सभ्यता की नगरी है, जहां संगम की ताकत लोगों को दूर-दूर से सपने सजाए खींच लाती है और उन्हें यहाँ बसने के लिए मजबूर करती है।

भैरव और शशि की कहानी एक यथार्थ से मिलने और बिछड़ने की साधारण कथा नहीं है; यह आत्मा का परिचय है। प्रेम वही आइना है, जो हमारे अंधकार को सामने लाता है, हमारी कमजोरियों और त्रुटियों को उजागर करता है। प्रेम के इस सफर में, हम न केवल अपने भीतर के अंधकार को समझते हैं, बल्कि अपनी पहचान को भी नया रूप देते हैं।

भूमिका

वो मीठी सी, मिश्री सी थी
मै कड़वाहट का, भोगी था
वो सांसारिक, अभिमानी थी
मै भिक्षु था, मै जोगी था ।

-

वो बक बक बक, बतियाती थी
मै मौन विधा का, रोगी था
वो सांसारिक, अभिमानी थी
मै भिक्षु था, मै जोगी था ।

-

वो सृष्टि की संचालक थी
मै मूक बधिर सहयोगी था
वो सांसारिक, अभिमानी थी
मै भिक्षु था, मै जोगी था ।

-

वो अनायास करती सब कुछ
मै करता जो उपयोगी था
वो सांसारिक, अभिमानी थी
मै भिक्षु था, मै जोगी था ।

-

उसका मुझसे कुछ मिल नहीं
मिलना तो बस संजोगी था
वो सांसारिक, अभिमानी थी
मै भिक्षु था, मै जोगी था ।

1

प्रयाग

पतली-सी मेज़ पर एक लड़का वॉकमैन पर धर्मवीर भारती के शब्दों को अपनी आवाज़ में रिकॉर्ड कर रहा है। वह कमरे की धुंधली रौशनी में खोया हुआ है, जहाँ बाहर की हल्की बूँदाबाँदी खिड़की से टकराती है, जैसे कोई पुराने ज़माने की कहानी सुनाना चाह रही हो। तभी दरवाज़े की धाम-धाम उसकी सारी एकाग्रता तोड़ देती है, जो उसने बहुत देर में बटोरी थी। उठकर दरवाज़ा खोलते हुए, उसके चेहरे पर हल्की सी नाराज़गी झलक रही थी।

"वेदप्रकाश, क्या कर रहे हो?"

अंशुल ने थोड़ा झल्लाते हुए कहा।

"हम क्या किये? अच्छा बेटा!"

वेदप्रकाश ने मुस्कुराते हुए जवाब दिया।

वह अपने हाथ में पकड़ी पुरानी किताब को अंशुल की तरफ़ बढ़ाता है, जैसे उसे दिखाने की कोशिश कर रहा हो कि यह कोई मामूली किताब नहीं है, बल्कि किसी खोई हुई दुनिया का खजाना है।

"किसी को बुलाए हो रूम पर?"

वेदप्रकाश ने खिड़की के पास नजर डालते हुए पूछा, मानो उसे लगा हो कि वहाँ कोई छुपा हुआ है।

अंशुल ने चौंकते हुए जवाब दिया,

"नहीं, कोई नहीं है। तुम कहाँ चले गए थे?"

वेदप्रकाश अब इधर-उधर झाँकता हुआ अंदर आ गया था। भुनभुनाते हुए, उसने अपनी छतरी को एक किनारे फेंक दिया और बोला,

"तुम्हारे बाबूजी ने अकेले नहीं बुक किया है रूम नंबर 28, समझे।

हम भी रहते हैं बे।"

मेज़ पर रखी किताब को देखते हुए, उसने चुटकी ली,

"गुनाहों का देवता रिकॉर्ड करके सुनाओगे तुम पंडिताइन को?"

अंशुल हँसते हुए बोला,

"अरे यार, कुछ काम करने दो।"

उसकी हंसी में थोड़ी बेपरवाही और थोड़ी शर्मिंदगी भी छिपी हुई थी।

बाहर बारिश की बूँदें अब और तेज़ हो गई थीं, और खिड़की से आती ठंडी हवा कमरे में एक अजीब-सी ताजगी घोल रही थी।

वेदप्रकाश ने उसे टालते हुए कहा,

"तुम जाओ ना बे!
लाइब्रेरी का एक चक्कर मार आओ, हमको खतम करने
दो।"

वेदप्रकाश मुस्कुराते हुए बोला,

"अंशुल लल्ला!
इ रोमैन्स वाली बकलोली से बाहर निकलो।
अब इलाहाबाद धर्मवीर भारती वाला ना रहा।"

किताब उठा कर पन्ने पलटते हुए, उसने कहा,

"तुमको पता है, इसको पढ़कर हम सुल्तानपुर से यहाँ आ
गए।
हमको लगा था साला ये कौनसा शहर है?
पर प्रयाग स्टेशन से उतरते ही सुधा वाला सारा भूत उतर
गया, यहाँ साला जहाँ देखो लौंडे ही लौंडे।"

अंशुल अब वेदप्रकाश की बात पर हल्का मुस्कुरा रहा था, लेकिन उसकी आँखों में कुछ सवाल तैर रहे थे, जैसे वह अब भी उस पुराने इलाहाबाद को ढूँढने की कोशिश कर रहा हो, जिसे उसने किताबों में पढ़ा था।
वेदप्रकाश ने गंभीर स्वर में कहा,

"लोग यहाँ आठ-आठ, दस साल से प्री-मेन्स में लगे हैं।
तो भाई यहाँ ना कोई सुधा है ना चंदर।
यहाँ बस रेस लगी है और सबको सिखाया गया है,
भले तुम रेस में जीतो या हारो पर पर्टिसिपेट ज़रूर करो।
सब लगे हैं अपना-अपना पर्टिसिपेशन देने।"

किताब बंद करते हुए, उसने कहा,

"लल्ला, ये चाचा का इलाहबाद अब यहाँ पर्टिसिपेट नहीं करता ना।"

उसकी आवाज़ में एक अजीब-सा खालीपन था, मानो वह खुद भी उस समय को ढूँढ रहा हो जो कभी इलाहाबाद की पहचान हुआ करता था।

अचानक कुछ याद करते हुए,

"अबे!
बकलोली में भूल गए,
शशी शुक्ला का अड्मिशन हो गया बे।"

अंशुल चौंकते हुए बोला,

"यार!
तो पहले क्यों नहीं बताया?"

उसकी आँखों में हल्की चमक आ गई थी, जैसे कुछ पुरानी यादें ताजा हो गई हों।

೧৶

कहानी 1994 (उन्नीस सौ चौरानबे) की है, "प्रयाग-राज" जब "इलाहाबाद" के नाम से जाना जाता था। हिंदुस्तान दूर-दर्शन से निकलकर मेट्रो हो रहा था और पेजर ने मोबाइल की शक्ल लेनी शुरू कर दी थी। यह वह समय था जब हिंदुस्तान मुहल्लों में पाया जाता था। 1992 में अयोध्या के विवादित ढाँचा गिरा देने के बाद उत्तर प्रदेश में ब्राह्मणों और पंडों का राज था। संसद में भगवा धारियों की गिनती बढ़ने लगी थी।

यह वही शहर है जहाँ तीन-तीन नदियाँ अपना अस्तित्व त्याग कर एक-दूसरे में समा जाती हैं। धर्मवीर भारती के प्रेम का शहर आज सियासत का केंद्र था। इलाहाबाद का संगम घाट यहाँ की पहचान है और साथ ही पहचान है वह संस्कृति, जो इस शहर की हवा में है।

दूर-दूर तक पंडा और साधुओं का हुज़ूम, तीन-तीन नदियों के पावन संगम में डुबकी लगा के कितने ही श्रद्धालु अपने पापों को धोने का प्रयास कर रहे हैं। संगम से थोड़ी दूर पर एक विशालकाय शिव की मूर्ति है, जिसपर साधु और पंडित चढ़ कर अपनी सेवा और भक्ति को दिखा रहे हैं। चारों ओर बस "हर हर महादेव" और "बम भोले" की गूँज है। यहाँ पर तैयारियाँ महाशिवरात्रि की महा-आवाहन के लिए की जा रही हैं, जहाँ देशभर के साधू और पंडित अपनी-अपनी धाक ज़माने पर तुले हैं।

तभी 50-60 गाड़ियों का एक लंबा काफ़िला अचानक बड़ी तेज़ी से आकर शिव की विशाल मूर्ति को कुछ ऐसे घेर लेता है जैसे महादेव से कोई गुनाह हो गया हो और पुलिस ने आकर उन्हें चारों तरफ़ से घेर लिया हो। गाड़ियों के रुकने की कर्कश आवाज़ ने कुछ समय के लिए पूरे माहौल को एक गहरी खामोशी में बदल दिया। सड़क पर खड़े लोग हतप्रभ थे, जैसे वह किसी अचानक आए तूफ़ान को देख रहे हों।

सभी साधुओं और श्रद्धालुओं की नज़र उन गाड़ियों में बैठे भगवाधारी पंडितों पर ठहर जाती है, जो अभी अपनी गाड़ियों से नीचे उतर रहे हैं। इनकी उपस्थिति मात्र से ही वातावरण में एक तनाव सा भर गया था, मानो ये साधारण लोग न होकर देवता के प्रतिनिधि हों। माथे पर शैव टीका और आँखों में धर्म के सबसे बड़े ज्ञाता होने का अभिमान लिए सबके चेहरे मौन होते हुए भी उनकी एक अलग पहचान दर्शा रहे हैं।उन्हीं गाड़ियों के काफिले में से एक बड़ी-सी काले शीशे वाली गाड़ी में से महंत जी ने अपने क़दम बाहर रखे। उनके आगमन के साथ ही चारों तरफ़ एक अनकही खामोशी फैल गई। वह कोई साधारण व्यक्ति नहीं बल्कि जैसे किसी प्राचीन कथा का पात्र लग रहे थे। उनके चेहरे पर झलकती बुद्धिमानी और आँखों में अजीब-सा आकर्षण था, मानो उनके साथ एक दिव्य शक्ति हो। महंत जी ने अपने एक सबसे ख़ास सेवक से कल की तैयारियों का हाल-चाल लेते हुए शिव मूर्ति की ओर बढ़ चले। सभी पंडित उनके सम्मान में सिर झुका कर उन्हें रास्ता दे रहे थे।

मूर्ति की सीढ़ियों के करीब पहुँचकर, भगवान शिव की ओर अपना मस्तक झुकाते हुए महंत जी ने कहा,

"जय शिव शंभू!"

उनके स्वर एक अलग ही ध्वनि के प्रभाव तले दब गए। कानों में एक साथ बजते सैकड़ों चिमटों की ध्वनि ने प्रवेश किया। महंत जी को जैसे किसी स्थिति का पहले से आभास हो गया। सामने करीब 200 अघोरियों का झुंड हाथों में चिमटे को मदमस्त बजाते हुए उनकी ओर चला आ रहा था। अघोरियों के झुंड की अगुवाई संगम घाट का सबसे बुज़ुर्ग अघोरी शंभू कर रहा था।

शिव मूर्ति से थोड़ा दूर, शंभू ने अपना हाथ ऊपर उठाते हुए काफिले को वहीं रोक दिया, मानो शिव के करीब जाकर उसे कोई तमाशा करने की इच्छा नहीं थी। शंभू के चेहरे पर एक शांत मुस्कान बिखरी थी। यह दुबला-पतला अघोरी पूरे अघोरियों की सेना का आदेश देने और नियंत्रित करने में सक्षम था। माथे पर भभूत लपेटे, गले में रुद्राक्ष मालाओं का जखीरा और होंठों पर अपने भोले के प्रेम को लिए हुए, शंभू ने शांत स्वभाव से सभी अघोरियों को निर्देशित किया।

शिव मूर्ति की सीढ़ियों पर खड़े महंत जी वहां से सब देखकर खुद को शांत और सहज रखने का प्रयास कर रहे थे। उनकी नज़रें शंभू पर स्थिर थीं, मानो वह किसी सवाल का इंतज़ार कर रहे हों। लेकिन शंभू की आँखें शिव मूर्ति की तरफ़ टिकी हुई थीं। शंभू ने भगवान शिव की ओर झुक कर प्रणाम करते हुए बुदबुदाया,

"बम बम भोले!"

यह सुनते ही सारे अघोरियों के मुख एक स्वर में चिल्ला पड़े,

"बम बम भोले!"

महंत जी अचानक इतना शोर सुनकर चौंक गए। दूर से आता तेज़ स्वर उन्हें और अधिक भयभीत कर गया। गूंजते स्वर ने महंत जी को यह आभास कराया कि हज़ारों अघोरी भी पीछे खड़े हैं। शंभू ने अपने चेहरे पर मुस्कान लाते हुए कहा,

"शिव के सेना बहुत बड़वार है महंत। केका केका रोकब्यो?"

महंत के अग़ल-बग़ल अब साधु-संतों का जमघट इकट्ठा होने लगा है। मानो अब लड़ाई अपनी सेना की गिनती दिखाने की हो। शंभू की बात ने महंत के क्रोध को ज़ुबान तक ला दिया और उन्होंने चिल्लाते हुए कहा,

"शिव को इस बार माँस-मदिरा की अवश्यकता नहीं है। महामंडल ने महा-आवाहन किया है इस साल"

"ऐ महंत!"

शंभू ने झट से उनकी बात काटते हुए कहा,

"चालीस साल से अघोरियों ने प्राण डाले हैं इस मूर्ति में, तप किए हैं।
     महाशिवरात्रि की आरती अघोरी के बिना नहीं होनी चाहिए।"

महंत जी का रक्त क्रोध में उबलने लगा। गुस्से को आँखों में लाते हुए बोले,

"शिव को इस बार भक्तों के साथ रहने दो, शम्भु।
     उन्हें इस बार भांडों की भड़ंगई नहीं देखनी।"

यह बात अघोरियों के सीधे सीने में चुभी। पल भर में ही वे सभी अपने रुद्र रूप में आ गए। त्रिशूल को महंत जी की ओर करते हुए, कई अघोरी बड़ी फुर्ती से आगे बढ़े। उनकी आँखों में सिर काटने की उत्सुकता लहराने लगी। साधु भी अपने महंत की रक्षा के लिए आगे आ गए। दोनों समूहों में गहमा-गहमी बढ़ने लगी। अघोरियों के क्रोध को देखकर ऐसा लग रहा था कि आज महंत जी का बलिदान तय है।
     अचानक, एक गोली की आवाज़ ने दोनों समूहों को स्थिर कर दिया। जीप के रुकने की कर्कश ध्वनि ने सबका ध्यान उस ओर खींच लिया।

जीप की दरवाजा खुलते ही, एक ठेठ तरीके से 8-10 लड़के उतरे। उनमें से एक सबसे आगे खड़ा हुआ, उसकी उपस्थिति ने पूरी जगह पर एक प्रभाव डाला। उसकी लंबाई और ठोस शरीर, आँखों पर काले रंग का चश्मा, और गले में लटक रही रुद्राक्ष की माला उसकी शक्ति और प्रभाव का प्रतीक थी। हाथ में देसी कट्टा लिए हुए, वह दोनों गुटों की ओर बढ़ने लगा, उसके हर कदम में एक ठान ली हुई आत्म-विश्वास झलक रहा था। बाकी सभी भी अपने नेता के पीछे बड़ी शान से चल पड़े और दोनों समूहों के बीच आ खड़े हुए।

अभिषेक शुक्ला, इलाहाबाद का दबंग छात्र नेता, जो अपने आत्म-विश्वास और आक्रामकता के लिए जाना जाता था, वो अघोरियों के सामने घूरते हुए अपने 12 बोर के कट्टे में एक और लाल गोली भरने लगा।

उसकी आँखें, जो क्रोध और नियंत्रण की एक अजीब सी चमक दिखा रही थीं, ने माहौल को और भी तना हुआ बना दिया। कट्टे की गोलियाँ उसकी हथेली में एक ठोस वजन की तरह महसूस हो रही थीं।

"पूजा-पाठ के बहाने दंगा फैला रहे हो?
यह ज़मीन तुम्हारे बाप की है?"

उसने चिल्लाते हुए कहा, उसकी आवाज़ में धमक और अपमान का अद्वितीय मिश्रण था।

महन्त जी की आँखें खिसक गईं, वह पीछे हटने लगे। अभिषेक ने अपने कट्टे की धौंस पे सबकी ओर देखते हुए आदेश दिया,

"चलो, कटो सब चुपचाप..."

उसके शब्द हवा में लहराए जैसे एक आदेश की तरह। साधु और संत, जिनकी आँखों में भय और असमंजस के रंग थे, अपनी-अपनी जगह से खिसकने लगे। अभिषेक का आत्म-विश्वास, उसके ठसके और रुखाई ने सभी को घुटने टेकने पर मजबूर कर दिया।

"चुप चाप निकलो... कटो..."

तभी वह अचानक शम्भू के सामने आकर रुक गया। शम्भू ने अपनी तीखी नजरें अभिषेक की आँखों में गड़ाए रखीं। अभिषेक की क्रोध से भरी हुई आँखें और उसकी धौंस भरी मुद्रा, शम्भू की शांत और निर्भीक उपस्थिति से टकरा गई।

"का चचा परचा छपवाए?
की नचनियाँ बुलवाएँ?
चलो... कटो।"

शम्भू एक टक उसकी आँखों में बिना किसी डर के देख रहा था। गुस्से में उबलते स्वरों को जुबान पर लाते हुए बोला,

"पंडितन के दलाली में तोहका औघड़न के साथ ना मिले।
औघड़ ने कभी कौनो की सुनी है, जौन तोहार सुन लैहैं।"

उसकी बातों का प्रहार जैसे अभिषेक के दिल में एक आग की तरह फैल गया। अभिषेक के चेहरे पर खून का रंग दौड़ गया। इलाहाबाद में, जहां हर कोई अभिषेक की शक्ति और प्रभाव से डरता था, ऐसे बात करने की हिम्मत किसी ने भी नहीं की थी। शंभू का इस तरह अभिषेक से बात करना उसकी तुच्छता को छेड़ने जैसा था, और अभिषेक का क्रोध अपने चरम पर पहुँच गया।

अभिषेक ने अपने कट्टे को शंभू की ओर थामते हुए, उसके डर को और बढ़ाते हुए, उसकी ओर दबा दिया। उसकी अंगुलियाँ कट्टे की ठंडी और कठोर सतह पर चलती हुई, जैसे एक शिकारी ने अपने शिकार को जकड़ लिया हो। कट्टे की नली में हलचल की आवाज़ सुनाई दी।

साथ में आए लौंडों ने, जिन्होंने भैया जी के गोली चलाने की उम्मीद नहीं की थी, अचानक आश्चर्यचकित और अवाक हो गए। लेकिन अब तो गोली बंदूक से निकल चुकी थी। गोलियों की तेज़ ध्वनि ने वातावरण को एक तीव्र और असामान्य रूप दे दिया। गोली की आवाज़ ने अघोरियों को

एक झटका सा दिया और शंभू, अघोरियों का नेता, ज़मीन पर गिर गया।

शंभू की आँखें एक क्षण के लिए चकित और खाली हो गईं। उसके शरीर ने झटके के साथ जमीन को अपनाया, खून उसकी लालिमा को और बढ़ाते हुए फैल गया। एक लौंडा, जो ताज्जुब और घबराहट में था, ने फौरन गाड़ी स्टार्ट की, जबकि दूसरा भैया जी को झट से गाड़ी के अंदर खींच लिया। जीप ने अपनी पूरी रफ्तार पकड़ ली और वहाँ से तेजी से निकल गई। अघोरियों का विशाल समूह, त्रिशूलों को हवा में उठाए हुए, जीप के पीछे मीलों तक भागता रहा, उनकी आँखों में आक्रोश और असंतोष की लहर थी।

इधर, शंभू खून से लथपथ, बेसुध-सा ज़मीन पर पड़ा हुआ था। उसकी हालत दयनीय थी, जैसे एक भयंकर बवंडर के बाद बिखरा हुआ हो। उसके चेला, गूंगा, जो अपने गुरु के प्रति एक गहन प्रेम और समर्पण महसूस करता था, अपनी आँखों में आँसू भर कर बदहवास और अवाक खड़ा था। उसका चेहरा कांप रहा था, और उसकी आँखें एक अथाह दर्द और शोक से भरी हुई थीं।

गूंगा ने बिना किसी फिक्र के, पूरे शरीर की ताकत लगाते हुए, शमशान की ओर दौड़ना शुरू किया। उसकी दौड़ की गति, जैसे एक रेलगाड़ी की त्वरित गति से भी तेज थी। उसने संगम के ऊपर बने लकड़ी के पुल को पार किया, और शमशान की ओर बढ़ा। वहां से, दूर से सुनाई देने वाले शंख के मधुर नाद ने उसे जैसे मार्गदर्शन दिया।

उस ध्वनि में कुछ विचित्र-सा आकर्षण था, जैसे कोई अनदेखी शक्ति शमशान की नीरवता में नया जीवन फूंक रही हो। शंख की वह मंत्रमुग्ध कर देने वाली ध्वनि, एक सजीव राग की तरह, जैसे शमशान के सुकून भरे ठहराव में आकर एक रहस्यमय ऊर्जा का संचार कर रही हो। यह ध्वनि न केवल कानों को छू रही थी, बल्कि आत्मा को भी छू रही थी, मानो यह स्वयं शमशान के अस्तित्व का एक अदृश्य हिस्सा हो।

शमशान के पास स्थित काली मंदिर, वर्षों से अघोरियों के तप और पूजा का केंद्र बना हुआ था। उसकी दीवारें, जो समय के प्रभाव से दरारों से भरी हुई थीं, अब एक प्राचीन रहस्य की गवाह बन गई थीं। खंभे, जो गहरे काले और गंदले हो चुके थे, उनकी सतह पर एक अजीब सी खुरदुरी

चमक थी, जैसे उन्होंने कई युगों के रहस्यों को अपने में समेट रखा हो। मंदिर की उधड़ी दीवारों और खंभों पर चढ़े धूल की परत, जैसे एक गुप्त इतिहास की कहानी कह रही थी।

गूंगा, जो अपने गुरु की अवस्था को लेकर अत्यंत चिंतित था, ने मंदिर की सीढ़ियों पर जमी हुई भीड़ को दूर करते हुए, तेज़ और निर्णायक कदमों से मंदिर के भीतर प्रवेश किया। उसकी हर चाल में गहरी चिंता और दृढ़ता थी, जैसे वह किसी अनकहे भय से भाग रहा हो। उसकी आंखें, जो पहले शांत थीं, अब एक भयंकर चिंता और अदृश्य भय से भरी हुई थीं।

मंदिर के अंदर एक अघोरी, शंख को उठाए उसमें अपनी अपार सांसों की शक्ति को फूंक रहा था। उसकी जटाएँ, जो उसके पीठ तक फैली हुई थीं, हवा में लहराते हुए जैसे एक प्राचीन दैवीय संकेत दे रही थीं। उसकी त्वचा, जो भस्म में लिपटी हुई थी, एक रहस्यमय आभा को प्रकट कर रही थी। शंख की ध्वनि, जो उसके हाथ में थी, पूरी तरह से उसके जीवन का एक अभिन्न हिस्सा प्रतीत हो रही थी, और उसके चारों ओर एक दिव्य वातावरण का निर्माण कर रही थी।

जैसे ही गूंगा मंदिर के अंदर पहुँचा, काली मंदिर के पुजारी ने उसकी घबराई हुई स्थिति को महसूस किया। पुजारी की आंखों में एक गहरी समझ थी, जैसे वह गूंगे के डर को पहचानने में सक्षम हो। उसकी आँखें, जो पहले शांत थीं, अब एक गंभीरता और करुणा की चमक से भर गईं थीं।

पुजारी ने अपने गहरे और गंभीर स्वर में पुकारा,

"भैरव!"

अघोरी शंख की ध्वनि को रोकते हुए पलटा। जैसे ही वह पलटा, उसके बाल एक आंधी की तरह उसके पूरे चेहरे को ढकने लगे। उसके बाल, जो हवा में लहराते हुए जैसे किसी रहस्यमय ऊर्जा की तरह थे, उसके चेहरे को पूरी तरह से ढकते हुए उसके दिव्य रूप को उजागर कर रहे थे। उसकी आंखों में एक गहरी समृद्धि और रहस्यमयता थी, जैसे वे अतीत के

गहरे रहस्यों को छुपा रहे हों।

मंदिर के भीतर का वातावरण अचानक बदल गया। शंख की ध्वनि के साथ गूंगा की उपस्थिति ने एक नया मोड़ ले लिया। भैरव की उपस्थिति, उसके दिव्य रूप और रहस्यमय शक्ति ने मंदिर के वातावरण को एक नई दिशा दी। यह क्षण जैसे समय के पार से एक गूढ़ सत्य को उद्घाटित कर रहा था, जहां अंधकार और प्रकाश के बीच एक अदृश्य संघर्ष की शुरुआत हो चुकी थी।

2

शशी

त्रिवेणी संगम घाट, जहाँ लोग अपने शरीर पर गंगा का पानी छिड़क शुद्ध हो जाते थे, वही से यमुना पुल के पास रहती थी वो, जिसकी मुस्कान के लिए सूर्य देवता भी तरसते थे।

शशी शुक्ला ये नाम सुनते ही इलाहाबाद जैसे खिल जाता था। शुक्ला परिवार की लाड़ली शशी वह थी, जिसे मानो महादेव का वरदान हो, संगम घाट के मल्लाह से लेकर संगम घाट के महामहंत "बड़े गुरूजी" सब शशी की मासूमियत और मुहफट्ट व्यवहार के क़ायल थे। पर शशी की एक दुनिया और थी, जिसे सिर्फ़ इलाहाबाद के लौंडे समझते थे।

झूँसी के शुक्ला परिवार के मुहल्ले में आज मानो त्यौहार जैसा माहौल है। बेली कालोनी से आई ढोल मंडली के पाँच लड़के अपने आपको मोहब्बतें का शाहरुख़ समझ ढोल पर ज़ोर-ज़ोर से अपना प्यार छिड़क रहे हैं। गली का शोर घर के बीच वाले कमरे में बैठे मास्टर साहब भी सुन सकते हैं। हमेशा शशी को लड़की होने का पाठ पढ़ाने वाले शशी के पिताजी जो की इलाहाबाद यूनिवर्सिटी में 12 साल से हिन्दी के लेक्चरर हैं, आज ख़ुश हैं इस शोर को सुनकर, क्यूँ-कि शशी का B.A. में अड्मिशन हो गया है। उनके गर्ग का ठिकाना नहीं है।

शशी के दादा जो "बड़े गुरूजी" के नाम से पूरे झूँसी में जाने जाते हैं बहुत पुराने महंत हैं। जिनकी राजनीतिक विरासत शशी का भाई चलाता है "अभिषेक शुक्ला" , जो इलाहाबाद यूनिवर्सिटी में छात्रा नेता है और

जिसके प्राण शशी में बसते हैं। इतना शोर इलाहाबाद में तभी होता है जब अमिताभ बच्चन का जन्मदिन हो, पर जिसके लिए इतना शोर हो रहा था वह अपने आपको सँवारने में लगी थी।

❧

घर के पीछे हम 3-4 लड़के देखते हैं जिसमें से एक अंशुल है जो मानो ख़ुद गुल्लदस्ता बना, अपने आपको एक बड़े से गुलदस्ते से ढके खड़ा है। वेद प्रकाश गुलदस्ते में घुस के, गुलदस्ते के अंदर अंशुल को कोसते हुए।

"हमार बात मानो.... तो चल लयो...
अभिषेक भैया देख लीन.... तो, दई जूता... दई जूता।"

तभी ज़ोर से एक प्यारी-सी हँसी वहाँ गूँजती है, कुछ गीले बाल सूरज की किरणों के साथ चमकते हैं। शशी को देखते ही नीचे खड़े लड़कों में से सिर्फ़ अंशुल बचता है, जो की ढीट की तरह गुलदस्ता बना खड़ा है।

शशी अपनी हँसी को नक़ली कपड़े पहनाकर उसकी तरफ़ देखती है, मानो वह हँसी सिर्फ़ यहाँ तक पहुँचने का एक ज़रिया हो। अंशुल गुलदस्ते में से अपने चेहरे को थोड़ी जगह देते हुए।

"जबसे इंतज़ार कर रहे थे आपका...
हमने सोचा था, पहली मुबारकबाद हमारी होगी।"

शशी एक मुस्कान के साथ उसकी तरफ़ देखती है, पर दूसरे ही पल अपनी नज़र घुमा लेती है, मानो वह इतनी मुस्कान इस गुलदस्ते पर ख़र्च नहीं करना चाहती। अंशुल ने बड़े ही प्यार से गुलदस्ते को आगे बढ़ाया और शशी ने अपने हाँथों की कंघी को अपने बालों पर लगाते हुए गुलदस्ते को लिया और किसी साधारण-सी चीज़ की तरह उसका आँकलन करते हुए बोली

"तुम्हें पता है ना हमे फूलों से नफ़रत है"

अंशुल इस बेइज़्ज़ती के घूँट को पीते हुए

"आज आप बहुत सुंदर लग रही हैं।"

सबको ये एहसास एक सा था की शशी को कोई वस्तु प्रभावित करे ना करे पर शशी की तारीफ़ हमेशा उसे बहुत सारी ख़ुशी देती थी।
शशी अपने बालों को एक तरफ़ करते हुए ख़ुशी से

"तो हमारी ख़ूबसूरती के लिए आपने कुछ लिखा है?"

"जी लिखा है... पर.....
आपके सामने सुनाने की हिम्मत नहीं हो रही थी।"

अपने बस्ते से वॉक-मैन निकालते हुए, अंशुल की ज़बान अब लड़खड़ाने लगी थी

"तो ...इसमें अपने प्यार को... क़ैद करके लाए हैं।"

शशी झट से उसका वॉक-मैन छीनते हुए, उसमें से कैसेट निकालकर नीचे फेंक देती है

"शशि शुक्ला के सामने बोलती बंद हो जाती है।
बातें बड़ी बड़ी करते हो...
जाके पर्सनालिटी डिवेलप्मेंट का क्रैश-कोर्स कर के आओ।"

ब्लेड से अपना हाँथ काट लेना, छत से कूद जाना, अपनी महबूबा पर नज़्म लिख देना या फिर दिलीप कुमार की तरह देवदास बन जाना, इलाहबाद के लौंडो की इन हरकतों से शशी शुक्ला बोर-सी हो गई थी। साहित्य और सभ्यता की इस नगरी में उसके सामने अमूमन लौंडों की बोलती बंद हो जाती थी और उसकी सुंदरता देख आधे लौंडे नौकर चाकर की तरह उसके आगे पीछे लग जाते थे, पर शशि शुक्ला के प्रेम की

परिभाषा शायद अलग थी।

शशी जैसे ही घर के बाहर आती है, वहाँ लोगों का हजूम खड़ा है। ऐसा लगता है मानो पूरा इलाहाबाद अब B.A. की पढ़ाई करने के लिए तैयार है।

शशी मुहल्ले के उस कोने पर पहुँचती है, जहाँ बेली कॉलोनी के लौंडे ढोल लिए खड़े थे, उसका इंतज़ार कर रहे थे। शशी को देखते ही उनका जोश और बढ़ जाता है, और वे ढोल को और ज़ोर-ज़ोर से पीटने लगते हैं।

शशी का दिल रखने का भी अपना एक अलग अंदाज़ था। वह सहजता से उनके बीच जाकर नाचने लगती है। नाचते हुए उसके चेहरे की हल्की मुस्कान और उसकी आँखों से उन लोगों को देख लेना मानो उनकी प्रतीक्षा का इनाम था।

शशी को नाचते देख, ऐसा लग रहा था जैसे यमुना का पानी भी उछाल मार रहा हो। लेकिन तभी दो जीपें धड़धड़ाते हुए रुकती हैं। शशी के कुछ समझने से पहले ही उसके सामने वह चेहरा आ जाता है, जिसके सामने वह अक्सर चुप हो जाया करती थी।

वह चेहरा था शशी के भाई, अभिषेक शुक्ला का। उसकी बाहें चढ़ी हुई थीं और चेहरे पर गुस्से के साथ ख़ून के छींटे थे। बिना कुछ बोले, अभिषेक घर के अंदर की तरफ़ बढ़ता है।

शशी, उसे इस हालत में देखकर, घबराहट में उसके पीछे-पीछे दौड़ पड़ती है।

❧

इलाहाबाद में दो चीज़ें हैं, जिन पर किसी की बपौति नहीं है। इलाहबाद के वक़ील और छात्र। इन दो लोगों से आप इलाहाबाद में नहीं जीत सकते और जैसे आपको हर घर में एक छात्र मिलेगा वैसे ही हर दूसरे घर में एक वक़ील। स्टूडेंट पॉलिटिक्स तो मानो यहाँ की शान है और उसी छात्र यूनियन का नेता था अभिषेक शुक्ला।

पूरे इलाहबाद में अभिषेक शुक्ला का दबदबा था। अभिषेक शुक्ला एकलौता था जो अपने दादा "बड़े गुरूजी" की विरासत को आगे बढ़ा रहा था। बड़े गुरूजी के बिना आज भी संगम घाट पर पत्ता नहीं हिलता, पर

समय के साथ उस दबदबे को क़ायम रखने में अभिषेक का बड़ा योगदान रहा।

अभिषेक घर के अंदर प्रवेश करे उससे पहले ही "बड़े गुरूजी" उसके सामने खड़े हैं। बाक़ी के छात्र "बड़े गुरूजी" की नज़र से बचते हुए मास्टर साहब के पैर छूने लगे थे। बड़े गुरूजी के पैर छूते हुए अभिषेक ने मानो उन्हें इशारे में कहा "यहाँ नहीं" और बड़े गुरूजी ने उसके कंधे पर हाथ रखते हुए उसे आँगन की तरफ़ मोड़ा।

मास्टर साहब का ध्यान अचानक आँगन की ओर खींचता है। अभिषेक की आहट और उसके गुस्से की भनक मिलते ही, मास्टर साहब का चेहरा गंभीर हो जाता है।

इसी बीच, वेद प्रकाश और अंशुल मास्टर साहब के पास आते हैं, सहमे हुए। वे मास्टर साहब को अभिषेक के बारे में कुछ कहना चाहते हैं, लेकिन मास्टर साहब अब पूरी तरह से गुस्से में डूब चुके हैं।

शशी जब वहाँ पहुँचती है तो वह आँगन में जा चुके थे और शशी को सिर्फ़ वह आख़िरी दरवाज़े की "धाम..." सुनाई दी, जिसमें बड़े गुरूजी का गुस्सा साफ़ सुनाई पड़ रहा था।

੭৹੨

अभिषेक जैसे ही आगे बढ़ा गुरूजी ने कंधे को खींचने हुए उसका चेहरा अपने सामने किया। मानो उससे सवालों के जवाब माँग रहे हों। अभिषेक बड़े गुरूजी की बड़ी बड़ी आँखें देखकर एक पल के लिए तो डर गया पर दूसरे ही पल किसी बच्चे की तरह बोला

"तो का करते? आप ही बताइए... ?
    वो बुढवा हमार सामने ज़बर पेलइ करेगा....और हम चुप रहे?"

बड़े गुरूजी उसकी बात को काटते हुए

"जिसे तुमने मारा है, वो नंगा नाच करते हैं संगम घाट पे....
    अघोरी को.."

अभिषेक अपनी ग़लती को समझने की कोशिश करता उससे पहले ही दरवाज़े की धूमधाम से उसका ध्यान बंद दरवाज़े पर चला गया। वैसे तो मास्टर साहब बड़े ही शांत और अहिंसा के पुजारी हैं, पर अभिषेक की बातों पर अक्सर उनके अंदर शिव का रूद्र अवतार आ जाता था। लौंडों ने बाहर मास्टर जी को भैयाजी का सारा क़िस्सा बता दिया था।

वो लगातार दरवाज़े को पीट रहे है, जबतक अभिषेक ने दरवाज़ा नहीं खोला। दरवाज़ा खोलते-खोलते मास्टर साहब का गुस्सा अपने चरम पर पहुँच गया और अभिषेक के दरवाज़ा खोलते ही उन्होंने उसको एक तमाचा जड़ दिया। पर अगले ही पल झट से पीछे आ गए, अभिषेक ने एक पल के लिए अपना हाथ उठाया ही था, पर मास्टर साहब बहुत दूर जाकर।

> *"दो बेटियाँ हैं मेरी घर में,*
>   *और एक... तेरे इन्ही सब करम से... घर पर बैठी है।"*

अभिषेक अभी भी थप्पड़ के तिरस्कार में।

> *"२० साल से मै अपना ज्ञान बांट रहा हूँ यूनिवर्सिटी में...*
>   *ताकि तू उस इज़्ज़त को ऐसे... मटियामेट करे।"*

अभिषेक बस मास्टर साहब की बात ख़त्म होने का इंतज़ार कर रहा है। मास्टर साहब उसका ये रवैया देख और गुस्से में अभिषेक की शर्ट को घसीटते हुए, उसे बाहर आँगन की तरफ़ ले आए।

> *"निकल..... ना-लायक मेरे घर से।"*

अभिषेक को ये सामूहिक बेज्जति बिलकुल पसंद नही थी। वही मोहल्ला जो अभिषेक के इशारे पर नाचता था उसके सामने वो ये सब कैसे सुनता। मास्टर जी का हाथ झटकते हुए बोला

> *"बेवक़ूफ़ समझता है पूरा इलाहाबाद तुमको।"*

ये सुनकर मास्टर साहब और ग़ुस्से में लाल हैं।

"जो इज़्ज़त को बेच रहे हो तुम हमको उ बड़े गुरुजी के वजह से है।

हमका कौनो शौक नहीं तोहरे ख़ुद्दारी के दुई मंज़िल मंदिर में रहै के"

अभिषेक जाने के लिए घूमा था पर बड़े गुरूजी की आवाज़ ने उसे रोक लिया।

"अभिषेक!"

☙❧

इलाहबाद में शाम के नाश्ते के नाम पर कई चीज़ें प्रसिद्ध थी। ताज़ा मीठी मटर और हरी प्याज़ के साथ बनी "घुघूरि" वहाँ का पारंपरिक नाश्ता है। बड़े गुरूजी अभिषेक को कुछ समझा रहे हैं। मास्टर साहब आँगन वाले नलके पर अपना हाथ-पैर धो अपने आपको ठंडा कर रहे हैं। आँगन में अब भी यूनिवर्सिटी के लड़के भैयाजी के आदेश का इंतज़ार कर रहे हैं जिनमें अंशुल और वेद प्रकाश भी शामिल हैं जो बस शशी के क़रीब रहने की वज़ह ढूँढ रहे हैं। तभी शशी घुघूरि और चाए लिए वहाँ आती है और उसके वहाँ आते ही मानो उस माहौल में गति आ जाती है।
अभिषेक उसे देखते ही कहता है।

"शशि... पाँच मिनट रुक, कुछ अर्जेंट है।"

पर शशी कभी किसी की कहाँ सुनती थी। सबको खींच खाँच के आँगन तक पहुँचा कर सबसे तारीफ़ बटोरना ही उसका उद्देश्य था।

"सब एक एक करके खाएँगे।"

स्टील की कटोरी में थोड़ी थोड़ी मटर डालते हुए।

"और सब एक एक करकर बताएँगे...की कैसा है।"

अभिषेक उठके जाने लगता है।

"हमको ना खानी ...तुम ही ठूँस लो।"

सबकी हँसी छूट जाती है, शशी हँसते हँसते उसे रोकती है।

"अच्छा सॉरी, तुम ना करो तारीफ़।"

शशी की किलकारियों से अभिषेक के चेहरे पर भी एक मुस्कान आ गई और वह बैठकर खाने लगा। मास्टर साहब अब भी मुँह बनाए बैठे हैं। सब तारीफ़ों के पुल बाँध रहे हैं। पर शशी को अपने भाई की तारीफ़ का इंतज़ार था। अभिषेक खाते-खाते शशी की तरफ़ कुछ पल के लिए देखता है। जो हाँथों के इशारों से, बिना कुछ कहे, सबसे छुप कर उससे पूछ रही है। "कैसा है?" अभिषेक अपनी बहन की इन्हीं बदमाशियों से चिढ़ता था पर यही वह कुछ पल थे जब वह हँसता था। चिल्लाके कहता है

"बहुत सही बनाई हो हमारी अम्माँ"

उठते हुए श्वेता से

"दीदी कल से तुम ही बना दियों, इनकर तारीफ़ कौन करी दिन भर बैठ के।"

अभिषेक मूड़कर आँगन से बाहर जाने लगा था। शशी गुस्से में किसी छोटे बच्चे की तरह चिल्लाते हुए।

"हाँ ! तुम्हारी तारीफ़ नहीं होती तो तुम तो गोली मार देते हो...."

"शशी !"

सहसा एक आवाज़ शशी के चेहरे पर पड़ी।

बड़े गुरुजी गुस्से में अंदर से चीखे। शशी इतने ऊँचे स्वर को सुन नहीं पाई और उसकी आँखों से आँसू टपकने लगे। बड़े गुरुजी अंदर कमरे से ही चीख़ते हुए

"मास्टर समझा अपनी लाड़ली को... मर्दों के बीच अपने
ज्ञान की नुमाइश ना करे
और अपनी ज़ुबान पे नियंत्रण रखे।"

शशि के आँख में आँसू देख सबका हृदय बैठ रहा था पर फिर भी बहुत शांति थी। शशी रोते हुए वहाँ से अंदर की तरफ़ निकल गई और श्वेता उसके पीछे पीछे जाते राधा से बोली

"चावल चढ़ा दो"

राधा ने मुस्कुराकर अपना सर हिलाया

❧

श्वेता शुक्ला जो की पेशे से वक़ील है। पर स्वभाव में सरलता और अपार प्रेम उनके व्यक्तित्व का हिस्सा है। शशी को बचपन से माँ का प्रेम श्वेता ने ही दिया था। जब श्वेता का विवाह हो रहा था, शशी अपने आपको एक कमरे में दो दिन तक बंद किए हुई थी और बहन को बिना उससे मिले ही विदा होना पड़ा था।

श्वेता कई दिन तक अपने वक़ील पति की गालियाँ और मार बर्दाश्त करती रही, पर उस दिन जब शादी के पाँचवें महीने में ही वक़ील साहब ने क्रिकेट का बैट फेंक कर श्वेता की टाँग पर मारा, तो बातें जग ज़ाहिर हो गईं। डॉक्टर ने प्लास्टर कर श्वेता को चलने लायक तो बना दिया, पर आज भी उसकी चाल में उस रात के दर्द दिखते हैं। अभिषेक शुक्ला को जब अपनी बहन के इस दर्द का आभास हुआ तो वह अपनी बहन को घर ले आया और तबसे श्वेता का संसार सिर्फ़ शशी ही है।

शशी भागते हुए अपने कमरे में आती है और दरवाज़े को अंदर से बन्द कर ख़ुद को मानो अपने बिस्तर पर फेंक-सा देती है और ज़ोर-ज़ोर से रोती है। सुब्की लेते हुए अचानक उसका ध्यान उस कैसेट पर जाता है। जो की सुबह उसने फेंक दी थी। वह कैसेट को उठा कर रोते-रोते वॉक-मैन में डालती है। तभी दरवाज़ा पीटने की आवाज़ आती है।

"बिट्टो दरवाज़ा खोल।"

"श्वेता दीदी अभी हमें अकेला छोड़ दीजिए
प्लीज़!"

वो अपना वॉक-मैन प्ले करती है।वॉक-मैन से आवाज़

"देखिए हमारी आवाज़ भी कांप रही है,
पता नहीं आपको अच्छा लगेगा की नहीं......."

अगली आवाज़ बहुत देर बाद आती है। शशी आँसुओं में वॉक-मैन को एक टक देख रही है।

"हँसती हो तो वीराने में जैसे बारिश होती है।
थम जाए हर वह लम्हा ऐसी ख़्वाहिश होती है।"

शशी अचानक रोती हुए आँखों से मुस्कुराती है।

"हँसती हो तो वीराने में जैसे बारिश होती है।
थम जाए हर वह लम्हा ऐसी ख़्वाहिश होती है।
बदमाशी से तेरी बिन मौसम भी बारिश होती है।
यूँ कह दूँ की भोली आँखों में भी साज़िश होती है।"

वो मुस्कुराती हुई चलकर अपनी खिड़की की तरफ़ बढ़ रही है। उसके कानों में अब भी अंशुल की आवाज़ चल रही है

"अच्छा नहीं लगा ना आपको..... हमको लग रहा था...,
अगली बार और अच्छा लिखेंगे....
आपका शुभ-चिंतक अंशुल..."

शशी खिड़की पर खड़ी होकर सूरज के ढलने में अपने सारे दुख को भूल जाती है। ये समय शशी बचपन से अमूमन इसी खिड़की पर बिताती थी। इस सूरज के ढलने में शशी को वह सुकून मिलता था जो उसके अंदर आज भी बच्चा बनकर जीता था। शशी का सुकून और बढ़ गया जब नदी के उस पार काली मंदिर में मंज़ीरो की आवाज़ उसके कानो तक पहुँचने लगी। वह मुस्कुराते हुए उस तरफ़ देखती है।

सूरज बस अपनी आख़िरी ललिमा से शशी को मंदिर का आकार दिखा पा रहा है। दियों की रोशनी जो दूर से किसी तारे की तरह दिखती हैं। तभी वह सुनाई दिया, जो शशी के सारे दुःख बचपन से हरते आया है। शंख ध्वनी।बहुत दूर काली मंदिर से शंखनाद होता है। जो शशी की आँखों को बचपन से मजबूर कर देता था बंद होने के लिए।

शशी आँखे मूँदे खिड़की के पास खड़ी, उस दूर से आ रही शंख की ध्वनी को सुनते हुए मुस्कुराती है। उसके लिए ये कभी सोचने का विषय नहीं बना, क्यूँ-कि वह बचपन से इसी दिनचर्या में जीती आइ थी। इससे पहले की शशी को और सुकून हो, मास्टर साहब रोते हुए दरवाज़े को पीटते हैं।

"शशी दरवाज़ा खोल बेटा।"

शशी के दरवाज़ा खोलते ही सामने पिताजी रोते हुए शशी से कहते हैं। जो वापस अपने बिस्तर की तरफ़ धीरे-धीरे क़दम बढ़ा चूकी है।

"चल!"

शशी बिस्तर पर बैठकर तकिए को अपनी गोद में लेते हुए। जैसे कि उसे पता हो की अभी मास्टर साहब का ड्रामा चालू होगा। वह अभी भी मास्टर साहब को एक टक देख रही है। मास्टर साहब गुस्से में

"अब हम यहाँ नहीं रहेंगे...
हम कटरा में रह लेंगे किराए पर, मैं ये गुंडा गर्दी अपने
घर में......"

"पापा बस करो...
इतना भी कुछ नहीं हुआ है....आप जाइए हमें सोना है....
सुबह महाशिरात्रि के लिए आपको भी जल्दी उठना है।"

श्वेता खाने की थाली लिए आती है और मास्टर साहब वहाँ से निकल जाते हैं। श्वेता बिस्तर पर शशी के पास बैठकर कहती है।

"ले। खा ले थोड़ा। फिर सो जा..."

"हमें नहीं खाना दीदी...फिर से रोटी...
रोज़ वही बनाती हो।"

श्वेता मुस्कुराते हुए, जैसे कि उसे पता हो शशी की नौटंकियाँ, बाहर की तरफ़ देखते हुए श्वेता आवाज़ लगाती है।

"राधा...."

राधा चावल का पतीला लेकर आती है, जिसे देखते ही शशी का चेहरा खिल जाता है। शशी दीदी को देखकर हँसते हुए कहती है।

"एक दिन रो दिए, तो तीन दिन बाद आज रात में चावल
नसीब हुए है।"

श्वेता उसकी बक-बक सुनते हुए उसे ख़ुद अपने हाथों से खिलाती है। खाते-खाते शशी पूछती है,

"का चल रहा है दीदी अभिषेक भैया का?"

"का चल रहा है मतलब?"

"मतलब वो मर गया क्या जिसे गोली मारे थे।"

श्वेता उसकी तरफ़ एक टक देखती है। कुछ बोले बिना उसको पानी पिलाती है, मानो उससे कह रही हो अपना मुँह बंद रख। पर शशी जैसे ही गिलास को अपने मुँह से बाहर पाती है, झट से दुहराती है।

"बताओ ना दीदी?"

श्वेता अक्सर उसके इसी भोले चेहरे को देख उसे सब बता देती थी, पर आज वह उसे कुछ नहीं बताना चाहती थी। उसके सर पर हाँथ फेरते हुए उसे समझाती है

"तुझे इन सब चक्कर में पड़ने की ज़रूरत नहीं है। सो जा सुबह चार बजे उठाऊँगी..."

3

शिवरात्री

उस दौरान इलाहबाद के मुहल्लों में त्यौहार पर चोंगे लगा दिए जाते थे और कसेट पर भक्ति गाने चला कर पूरे मोहल्ले में घोषणा हो जाती थी। महाशिवरात्रि पर शाम का मेला संगम की परंपरागत संस्कृति थी जो सारे मोहल्ले को एक जगह ले आती थी।

सूरज ढलने को है, सज धज कर मेले के लिए लोग निकलने लगे हैं। लौंडों के लिए तो शिव की पूजा करने आइ सजी धजी लड़कियों में अपनी पार्वती को ढूँढने की इच्छा है।

शाम को झूँसी का ये मोहल्ला भी तैयार होकर शशी का इंतज़ार कर रहा है। लड़के अपनी छतों पर किताबें लिए और कुछ सन-सेट के कंधों पर बंदूक रखे। बाहर पूरा शुक्ला परिवार जीप में बैठे, बस शशी का ही इंतज़ार कर रहा था। ड्राइविंग सीट पर अभिषेक बैठे बार-बार अपनी बड़ी बहन श्वेता को बोल रहा था।

"दीदी बुला लो.....अब बोल रहे हैं।"

श्वेता अभिषेक के गुस्से को देखते हुए और ज़ोर से शशी को आवाज़ देती है।

"बिट्टू हो गया। अब चलो..."

घर के आगंन के बड़े पीले दरवाज़े से तभी मानो सफ़ेद सलवार सूट में अप्सरा अपने बालों को सुखाते हुए आ गई। शशी ने अपने हरे दुपट्टे को संभालते हुए, अपने बालों को एक तरफ़ ढकेले, ऊपर की तरफ़ देखा। आशिक़ उसका इंतज़ार कर रहे हैं। शशी को ये आभास पहले से ही था, वह तो सबको देख उनके इंतज़ार को पुख़्ता करती है।

शशि डरते-डरते आकर अभिषेक के बग़ल में बैठ गई और पूरा हजूम वहाँ से निकला, साथ-साथ अभिषेक भैया के लौंडों से भरी 3 और गाड़ियाँ पीछे पीछे।

☙

अंधेरा घिर चुका था, लेकिन संगम घाट की जगमगाती रोशनियों ने रात को जैसे एक स्वप्नमयी आभा दे दी थी। जीप धीरे-धीरे संगम के किनारे पर रुकती है, और उसके चारों तरफ़ मेला अपनी पूरी रौनक पर था। हर ओर हँसी-मज़ाक, खिलौने वाले, खाने के ठेले, और तेज़ संगीत की ध्वनियाँ गूँज रही थीं। शशि, जो इस माहौल से एकदम बंधी हुई थी, दरवाज़ा खोलते ही तेज़ी से बाहर आ जाती है। उसके कदम मेले की ओर बढ़ने को आतुर थे, आँखें उन झिलमिलाती टिमटिमाती बत्तियों की ओर खिंची जा रही थीं, पर तभी एक जानी-पहचानी ध्वनि उसके कानों में पड़ती है—शंख की गूंज।

वह ठिठक जाती है, जैसे समय एक पल के लिए रुक गया हो। शशि के लिए यह शंख ध्वनि केवल एक आवाज़ नहीं थी, यह उसके बचपन की यादों का अटूट हिस्सा थी। यह वही ध्वनि थी, जिसने उसे हमेशा सुरक्षा और अपनेपन का एहसास कराया था। वह मुड़कर ध्वनि के स्रोत की ओर देखती है। भीड़ के उस पार, एक बरगद के विशाल पेड़ के पास, लोग जमा थे। उसके परिवार के सदस्य शिव की सीढ़ियों की तरफ़ बढ़ चुके थे, पर शशि अब वहाँ से दूर, उस शंख ध्वनि की ओर खिंच रही थी।

वह बिना सोचे-समझे उस ओर चल पड़ी, मानो किसी अदृश्य डोर से बंधी हो। हर कदम उसे उस ध्वनि के करीब ले जा रहा था। भीड़ के पास पहुँचकर उसने देखा कि लोग एक वृत्ताकार घेरे में खड़े थे। शशि ने अपनी आँखें मूंद लीं। शंख की वह दिव्य ध्वनि उसके भीतर एक अजीब

सा सुकून भर रही थी, मानो उसका तन-मन सब उसी लय में बह रहा हो। उसकी हल्की मुस्कान उसकी आत्मिक शांति को बखूबी बयान कर रही थी।

अचानक, शंख की आवाज़ थम जाती है। शशि धीरे से अपनी आँखें खोलती है, और उसकी नज़रें अब किसी और धुन की ओर खिंचने लगती हैं—वीणा की मधुर तान। भीड़ को चीरते हुए, वह उस धुन के स्रोत की ओर बढ़ती है। जैसे-जैसे वह करीब आती जाती है, उसकी साँसें तेज़ हो रही थीं, मानो किसी अदृश्य आकर्षण ने उसे घेर लिया हो। भीड़ के सामने आकर उसकी नज़रें ठिठक जाती हैं—उसके सामने, एक योगी बैठा हुआ वीणा के तार छेड़ रहा था।

वह योगी... एक अद्वितीय दृश्य था। लम्बी जटाएँ, घनी दाढ़ी, बलिष्ठ शरीर पर केवल एक लंगोट लपेटे हुए। उसकी वीणा के हर तार में एक गहरा अर्थ था, एक कहानी छिपी थी। शरीर पर बस एक लंगोट लपेटे ये हनुमान-सा बलवान जिसके चेहरे की मुस्कान उसके सुर के बदलने के साथ बदलती थी। आँख मूँदे एक वैरागी का अपने सुरों से इतना प्रेम मानो सबके आकर्षण का कारण था। पर शशि तो जैसे किसी स्वप्न में थी।

शशि उसकी ओर एकटक देख रही थी, मानो समय थम गया हो। हर सुर, हर धुन उसे अपनी ओर खींच रहा था। योगी के चेहरे की वैराग्यता और उसकी वीणा की लय शशि को किसी और ही दुनिया में ले जा रही थी।

शशि ने कभी किसी इंसान को इतनी गहराई से नहीं देखा था। उसकी आँखों में अजीब सी चमक थी। उसके चारों तरफ़ की दुनिया अब धुंधली हो चुकी थी, बस वह योगी और उसकी वीणा के सुर। योगी का ध्यान भी कहीं और नहीं था—वह अपने सुरों में खोया हुआ था, जैसे इस भीड़ और शोर-गुल से अछूता। उसकी आँखें मूँदी हुई थीं, लेकिन उसकी वीणा की हर ध्वनि मानो उसके भीतर की सारी भावनाएँ उंडेल रही थीं।

तभी अचानक भीड़ में अफरातफरी मच जाती है। गूँगा तेजी से आकर योगी—जिसे सभी भैरव कहते थे—को वहाँ से चलने का इशारा करता है। भैरव वीणा का सुर थामते हुए धीरे-धीरे उठने लगता है। शशि को अब

तक एहसास भी नहीं हुआ था कि उसकी साँसें तेज़ हो चुकी हैं, वह अब भी उसकी ओर देख रही थी, मानो कोई सपना टूटने वाला हो।

भैरव ने बिना एक बार भी शशि की ओर देखे, अपनी वीणा उठाई और धीरे-धीरे भीड़ से निकलने लगा। शशि, अब भी एकटक उसकी ओर देखती रह गई। उसके चेहरे पर एक अजीब-सी खामोशी थी, जैसे वह कोई गहरा रहस्य जान गई हो।

तभी, श्वेता बदहवास भागती हुई वहाँ आती है।

"शशि! यहाँ क्या कर रही है तू?
चल, जल्दी यहाँ से!"

शशि का ध्यान टूटा, पर उसकी नज़रें अब भी भैरव को खोज रही थीं, जो अब भीड़ में खो चुका था। श्वेता उसका हाथ पकड़कर खींचते हुए उसे वापस ले जाने लगी, लेकिन शशि की आँखें उस दिशा में जमी हुई थीं जहाँ से वह योगी गायब हो चुका था।

आसमान में अचानक काले बादल घिरने लगे थे। हल्की-हल्की बूंदें गिरने लगीं, और देखते ही देखते बारिश तेज़ हो गई। मेले की रंगीनियों पर अब एक अद्भुत नमी और ताजगी फैल गई थी। शशि के चेहरे पर बारिश की बूंदें पड़ रही थीं, पर वह अब भी उसी दिशा में देख रही थी, जहाँ से भैरव गायब हुआ था। बारिश में भीगे उसके बाल और चेहरे पर पानी की धाराएँ, उस पल को और भी अद्भुत बना रही थीं। ऐसा लग रहा था जैसे यह बारिश भी उस पल का हिस्सा हो, उसे और गहरा, और आत्मिक बना रही हो।

◌⃝

सिवल लाइंज़ की सड़कों पर हम रात में भागती हुए 4 जीप देखते हैं। अभिषेक शुक्ला को मेले में दो गोलियाँ मारी गई थी। वह भी उसी जगह जहाँ अभिषेक ने शम्भु को अपने कट्टे से दागा था। साफ़ था कि अघोरी एक के बदले दो गोली मार कर एक नए धर्म-युद्ध का शंखनाद कर रहे थे। अभिषेक एक जीप में अपने एक चमचे के उपर सर रखे लेटा

है। उसके कंधे से लगातार ख़ून बह रहा है, पर वह अब भी फ़ोन से जूझ रहा है। सब सन् भैया जी को बस ताक रहे हैं और भैया जी अपनी इस बेज़्ज़ती को बर्दाश्त नहीं कर पा रहे।

कमिशनर को फ़ोन पे

"हमारे हाथ पर दो गोली मारे हैं।
अब क्या मीटिंग बुलाओगे तुम..."

"पूरा इलाहबाद सड़क पर ला देंगे
अगर एक घंटे के अंदर शमशान खाली नहीं हुआ तो।"

फ़ोन को फेंकते हुए गुस्से में चिल्लाता है

"विनाश कर देंगे, इन अधनंगे भिखारियों का"

जीप हॉस्पिटल के एक गेट पर रूकती है, जहाँ हमें बड़े गुरूजी नज़र आते हैं जिन्हें वहाँ देख अभिषेक चौंक जाता है और गुस्से में पूछता है

"इन्हें कौन बताया बे?
"

4

शमशान

शशि अपनी खिड़की से अभी भी काली मंदिर को देख रही है। इस ख़ून ख़राबे के बीच चंद्रमा की रोशनी उसे शीतलता दे रही है। शशि चाँद की परछाई को देखती है जो यमुना के पानी पर पड़ रही है। यही यमुना का पानी उस शमशान और शशि को अलग-अलग किए हुए था। शशि का ध्यान अचानक नीचे खड़े एक वेदप्रकाश पर पड़ता है। शशि मानो जानती थी की अंशुल आएगा, वह इशारे से उससे पूछती है

"अंशुल?"

वेदप्रकाश झाड़ियों से बाहर आता हुआ दबी हुए ज़ुबान में

"तुम्हारे भैया देख लिए।गुलदस्ते के अंदर
वॉर्निंग दिए है...10 किलोमेटर तक ना दिखे"

शशि उदास हो जाती है, आज उसे अंशुल की ज़रूरत थी। जाने क्यूँ आज उससे ये अकेलापन बर्दाश्त नहीं हो रहा था और अंशुल की शायरी ने भी शशि के दिल में थोड़ी जगह बना दी थी। वह तरस खाते हुए उससे कहती है

"अंशुल से कहना कल हम कुछ बना के लाएँगें उसके लिए।"

लड़का मुस्कुराकर वहाँ से चला जाता है।

✿

शुक्ला परिवार की सुबह आज धमा चौकड़ी में है। शशि शुक्ला यूँ तो कभी कुछ बनाती नहीं हैं पर आज कॉलेज जाने से पहले उन्होंने खीर बनाने का फ़ैसला कर लिया था। कॉलेज का टाइम हो चुका है। राधा ये कहाँ है? ...राधा वह कहाँ है? ... के स्वर पूरे घर में गूँज रहे हैं। श्वेता आकर थोड़े सख़्त होकर उससे कहती है

"मेले में बवाल हुआ है......"

शशि मुड़ते हुए

"तुमको हम लेने आएँगे... यूनिवर्सिटी से.."

शशि अपना टिफ़िन का डिब्बा बैग में डालते हुए जल्दी में

"टाइम पर आना..."

अपने बालों को एक तरफ़ झटक के

"शशि शुक्ला को इंतज़ार पसंद नहीं।"

श्वेता उसकी नादानी पर मुस्कुराती है और शशि वहाँ से निकल जाती है।

✿

इलाहाबाद यूनिवर्सिटी के कैम्पस में आज चर्चे उनके चहेते नेता अभिषेक शुक्ला के नाम के थे, जिनकी वीरता के गुणगान के बीच शशि

साइन्स डिपार्टमेंट में प्रवेश करती है। शशि शुक्ला के वहाँ पहुँचते ही इलाहबाद यूनिवर्सिटी का साहित्य अचानक दो गुना हो जाता था। आज शशि शुक्ला ने बोटनिकल डिपार्टमेंट में प्रवेश किया था। शायरी की महफ़िलें उस हर कोने में सज जाती थी जहाँ से वह गुज़रने वाली होती थी। शशि भी मुस्कुराते हुए, हर एक शेर की ज़र्रा नवाजी करते हुए निकल जाती थी। यहाँ वहाँ देखते हुए शशि की नज़र अचानक बोटानिक्स के लैब पर पड़ती हैं जहाँ वेदप्रकाश खड़ा है जो रात अंशुल का संदेश देने उसे घर के नीचे आया था।

शशि उसको देखते ही, पास जाकर

*"अंशुल कहाँ है ?
पूरी यूनिवर्सिटी छान मारे..."*

वेदप्रकाश उसे रोकते हुए

"कल होल एंड हॉल के 10 लौंडे वोमेंस होस्टल के सामने तोड़े हैं उसको बहुत।"

लड़का एक टक शशि को देखता हुआ

"आपके चक्कर में जो पड़े, वह लतियाया तो जाएगा ना?"

अपनी बात को संभालते हुए

"पड़ा है होस्टल पर ही"

शशि उदास होकर अपने स्टील के टिफ़िन को देखते हुए

*"पर हमतो।
उसके लिए खीर लाए थे"*

लड़का झट से उसका उदास चेहरा देखते हुए

"तो हम खा लेंगे।"

शशि गुस्से में उसको देखती है और ज़ोर से चिल्लाती है

"चम्माट नहीं खाओगे?"

शशि के स्वर इतने ऊँचे हो गए थे की अग़ल बग़ल के छात्र उन्हें घूर रहे थे शशि वहाँ से गुस्से में उदास होकर निकल गई।

यूनिवर्सिटी के गेट पर श्वेता शशि का इंतज़ार कर रही है। श्वेता को दूर गेट से बाहर आती शशि दिखाई पड़ती है, जो कंधे झुकाए धीरे-धीरे उस ओर चली आ रही है। श्वेता शशि की उदासी समझ जाती है। उसकी तरफ़ बढ़ते हुए

"क्या हुआ तुझे ?"

दूसरे ही पल रिक्शा ढूँढते एक बूढ़े रिक्शा वाले को पूछते हुए

"झूँसी जाओगे?"

दोनो रिक्शा में बैठ जाते है और वह बूढ़ा किसी तरह साइकल के सहारे उन्हें खींचने लगता है। श्वेता बार-बार शशि से पूछ रही है पर शशि जैसे ख़ुद नहीं जानती थी उसकी उदासी की वज़ह क्या है। रिक्शा जैसे ही झूँसी के क़रीब पहुँचता है, शशि को दूर यमुना के उस पार काली मंदिर नज़र आता है।

अचानक कुछ सोचकर वह पूरी फुर्ती के साथ श्वेता से कहती है।

"दीदी हमें वह काली मंदिर को पास से देखना है।"

श्वेता बस अभी शशि की बात समझ पाती उसके पहले ही बूढ़े चालक के स्वर निकल आते है। जो पिछले 30 मिनट से सिर्फ़ उन्हें घसीट रहे थे।

"शमशान पड़त है ओकरे बीच में।"

डराते हुए पीछे मुड़कर, जैसे शशि को डाँट रहे हों
    श्वेता ये सुनकर की मंदिर के पहले एक शमशान पड़ता है, डर जाती है और बूढ़ा रिक्शा चालक उसके डर को और बढ़ाता हुआ कहता है।

*"अघोरी रहत हैं हुआं।
    जंतर मंतर कईके सब पैसा कौड़ी लूट लैहे।"*

श्वेता ये सब सुन बहुत डर जाती है और मना करती है पर शशि शुक्ला के सामने अक्सर वह कमज़ोर पड़ जाती थी। अंत में श्वेता को बूढ़े बुज़ुर्ग की चेतावनी को विराम देते हुए उसे काली मंदिर तक ले जाने को कहना पड़ा। जिस पर वह और क्रोधित होते हुए बोला

"पुल के आगे ना जाब, हुआ तक छोड़ देब।"

उस बूढ़े आदमी ने श्वेता और शशि को उस लकड़ी के पुल के मुहाने पर छोड़ा जिसके पार शशि के शंखनाद की वह ध्वनि थी। जिसे वह दिलो दिमाग़ में लिए घूम रही थी। शशि रिक्शा से उतरते ही उस लकड़ी के पुल को देखती है जिसके अंत में उसे उसका गंतव्य दिखता है। श्वेता रिक्शा चालक को पैसा देती है जो वहीं पुल के पास बैठा सुस्ताने लगा है। शशि अपने क़दम पुल पर बढ़ाती है। लकड़ी के पुल पर उनके पाँव के सुर साफ़ सुनाई दे रहे थे। शाम का सन्नाटा उन दोनों के पैरों की ध्वनि से गूँज रहा था।
    शशि पुल पर सुस्ता रहे पंछियों को उड़ाते हुए उत्साह से आगे बढ़ती है। उसे अब वह किनारा बहुत नज़दीक नज़र आ रहा है जहाँ उसकी मंज़िल है। वह ख़ुशी से भागते हुए वहाँ पहुँचना चाहती है। पर अचानक उसका ध्यान पीछे जाता है, जहाँ श्वेता शुक्ला अपने पैर को लिए पुल के बीच में बैठी हुई है।

शशि भागती हुए अपनी बहन के क़रीब पहुँचती है जो अपने पति के अभिशाप का सहारा लेकर शशि को लाचार सा पैर दिखाती है। शशि उदास होकर एक बार फिर मंदिर को ताकती है। श्वेता उसको हताश देख उससे पूछती है

"बहुत मन है....?"

शशि उदास होकर किसी बच्चे की तरह मुँह बनाकर अपनी बहन को गर्दन हिलाते हुए "हाँ" कहती है। श्वेता इस प्यारे से चेहरे को उदासीन नहीं देख पाती थी। उसकी आँख भर जाती है पर वह अपने लाड़ को छिपाकर आँखें दिखाते हुए सख़्त स्वर में उससे कहती है।

"सूरज ढलने से पहले आ जाना, हम यहीं इंतज़ार करेंगे।"

ये सुनते ही शशि शुक्ला जैसे झूम पड़ती है, वह श्वेता को गले लगाती चिल्ला के कहती है

"हम आ जाएँगे दीदी।
आप ही हो जो हमें समझ पाए।"

वो पुल पर भागते हुए श्वेता से

"हम यूँ गए और यूँ आए।"

आंधी-सी भागती, चेहरे पर ख़ुशी की बड़ी-सी मुस्कान लिए और आँखों से बस उस काली मंदिर को ताक़तें शशि दौड़ते हुए ख़ुशी से उस पुल के किनारे पहुँचती है, जहाँ से शमशान पड़ता था। पर वह तो उस काली मंदिर के गुम्बज को ताक़तें उस ओर बढ़ी जा रही है। उसे तो ना वह कफ़न दिख रहा था। ना वह जलती हुई चिताएँ जो भभक-भभक कर उसे रोक रही थी पर शशि को उसकी आँच भी रोक ना पाई, वह अब शमशान को पार करके एक पल के लिए रूकती हैं, जहाँ से मंदिर साफ़ नज़र आ रहा है।

शशि रुक कर एक पल के लिए उस आवाज़ को इस दृश्य से मिलाती है जो बचपन से उसकी एकाकी ज़िंदगी में संसार भरता आया था। दूर नज़र आ रहे मंदिर में उसे भैरव दिखता है जो सीढ़ियों पर बैठे वीना के सुर छेड़ रहा है। शशि सिर्फ़ उसकी भस्म से लिपटे हुए पीठ देखती है, पर हाँथों में वीना देख वह समझ गई थी की ये वही है, जिसकी एक शंख ध्वनि उसके मन में अपार ख़ुशियाँ भर देती है। वह भैरव की ओर बढ़ती है। पर तभी एक आवाज़ उसे रोक लेती है।

*"अभी समय है आरती को
7 बजे के बाद आना"*

शशि पलट कर देखती है।

शम्भु, जिसे अभिषेक शुक्ला ने गोली मारी थी, खटिया पर लेटा गूँगा से अपने ज़ख्मों पर मरहम लगवा रहा है। गूँगा झट से खड़ा होता है और इशारे से उसे जाने को कहता है। शम्भु लेटा बस उसके जाने का इंतज़ार कर रहा था पर शशि उसे देखते हुए उससे पूछती है।

*"आरती में नहीं रुक सकते, हमें बस वह बाबा जो शंख
बजाते है उनसे मिलना है"*

शम्भु पलट कर उसे कुछ पल के लिए घूरता है और दूसरे ही पल हँसते हुए

"भैरव से?"

शशि भैरव नाम पहली बार सुन रही थी, उसे तो बस वह वीना लिए शंख धारी पता था जो उसे काली मंदिर में साक्षात नज़र आ रहा था। शशि भैरव की तरफ़ देखते हुए अपनी ऊँगली के इशारे से शम्भु को बताती है। शम्भु से कई सालों में पहली बार किसी ने भैरव के बारे में पूछा था।

शम्भु अघोरियों में सबसे चहेते और इज़्ज़तदार थे। अघोरी बनाने की प्रक्रिया उनके बिना संगम घाट पर संभव ना थी। अघोरी का जो मूल सिद्धांत था, मोह से परे जाना वही ईश्वर ने शम्भु से तब छीन लिया जब कई साल पहले एक बच्चा उसे शमशान के पास मिला।

आज़ादी के बाद का पहला महाकुंभ, जब राजनेताओं के समूहों ने जनता के लिए ज़मीन नहीं छोड़ी थी और क़रीब 2000 लोगों की भगदड़ में मौत हो गई। 200 लोगों का हिसाब कभी नेहरु जी की सरकार भी नहीं दे पाई और इसी महाकुंभ का हिस्सा थे शम्भु, जो तब भी इसी संगम घाट पर अड्डा जमाए हुए थे।

उस रात का मंज़र शायद ही शम्भु कभी भूल पाए, धनी रात में जब उसने नदी के किनारे देखा तो लाशों का हजूम था। उन्ही लाशों के बीच तैरता उसे भैरव पहली बार दिखा था, जो अपनी माँ से बँधा हुआ था। अंग्रेज़ी में जिसे कहते हैं "कोफ़िन चाइल्ड" गर्भवती माँ की मृत्यु के बाद पैदा हुए बच्चे को ऐसा सम्बोधित करते हैं। भैरव की माँ की साँसे रुक चुकी थी पर उसके शरीर के फूलने के कारण प्रेशर से उसका गर्भ बाहर आ चुका था। भैरव गर्भनाल से बंधा पानी पर तैर रहा था। शम्भु दूसरे अघोरियों की आहट सुन झट से उस बच्चे को उठाया था पर गर्भनाल मानो वह बंधन था जो भैरव को उस संसार से इस संसार में आने से रोक रहा था। शम्भु दूर पड़ी कुल्हाड़ी को लाता है और उस अंतिम बंधन पर ज़ोरदार प्रहार करता है। शम्भु का अघोर धर्म भ्रष्ट ना हो जाए इसीलिए उसने ये बात अपने अंदर दबा रखी थी।

शम्भु अब भी उस रात के दृश्य की यादों में खोया है। शशि शम्भु की आँखों में आँसू देख समझ जाती है कि भैरव और शम्भु का रिश्ता क्या है। शम्भु भले अपने प्रेम को कितना छिपा ले पर उसे स्वयं ये पता था कि अघोरी होते हुए भी उसे भैरव से मोह था। शशि उन्हें देखती है, भैरव अपने प्रेम भाव को संभालते हुए गूँगा को इशारा करते हैं। गूँगा शशि को अपने हाँथों के इशारे से उस ओर चलने को कहता है और शशि अब उस काली मंदिर की तरफ़ पाँव बढ़ाती है।

जैसे जैसे वह मंदिर के क़रीब आ रही थी उसके दिल में भय बढ़ रहा है। वीना के सुर जो अब उसे और साफ़ सुनाई दे रहे हैं, आज भयभीत कर

रहे हैं। वह गूँगा की तरफ़ देखते हुए जो आगे-आगे चलता जा रहा है।

"तुम्हारे भैरव यहीं रहते हैं।?
मंदिर में..."

गूँगा मुड़कर उसे गुस्से से देखता है और फिर मुड़कर चलने लगता है। शशि उसके पीछे-पीछे बोलते हु

"अच्छा ये तो बता दो।
क्या ये दिन भर यही टन-टनी बजाते रहते हैं...?"

शशि के सुर ऊँचे हो गए थे, गूँगा उसे मुँह पर ऊँगली रख कर चुप रहने का इशारा करता है। इशारे से अपनी बड़ी-बड़ी आँखें कर हाँथों से बताता है कि "गुस्से वाले हैं" शशि एक पल के लिए तो और डर जाती है, पर शुक्ला परिवार की लाड़ली किसी मॉडल की तरह रैम्प वॉक करके जैसे ख़ुद से ही बोलती है।

"तो हम भी झूसी की जान हैं...
गुस्सा तो हमें भी बहुत आता है।"

अपनी बदमाशियों में चलते-चलते शशि अब भैरव के बहुत पास आ चुकी है। भैरव को इतना पास देख वह भए के मारे...गूँगा से धीमे स्वर में कहती है।

"तुम्हारे भैरव कुछ खाते हैं?"

गूँगा मज़ाक़िया अंदाज़ में अपने हँथो से गाँजे की चिल्लम को मुँह में रखने का इशारा कर "हाँ" में ज़ोर से गर्दन हिलाता है। शशि को जैसे उपाय मिल गया था। वह झट से अपने बैग से टिफ़िन निकालती है और गूँगा से भैरव को देने को कहती है। गूँगा टिफ़िन लिए भैरव के पास जाता है। शशि उसे खाते हुए भी नहीं देख पाती, वह उसके पीछे से ही उसे ताक रही है।

शशि को ये जानने की बड़ी उत्सुकता थी की भैरव को खीर कैसी लगी। पर इससे पहले की वह कुछ पूछ पाती भैरव खीर ख़त्म कर उठकर खड़ा हो जाता है और मंदिर के अंदर जाने लगता है। शशि उस से डरते-डरते कहती है

"हमें वीना बजाना सिखाओगे?"

भैरव बिना पलटे आवाज़ सुनते ही थम जाता है। शशि को बेसबरी से भैरव की "हाँ" का इंतज़ार था। पर अगली आवाज़ जो शशि के कानों में पड़ी उसकी उसे उम्मीद भी ना थी।

"जिन सुरों को तू सीखना चाहती है।
वो इस संसार में नहीं पाए जाते।"

भैरव गुस्से में ये कहकर निकल जाता है। शशि, आँसू भरी आँखों के साथ, वहीं खड़ी रह जाती है। झूँसी की रानी, एक अध-नंगे अघोरी के सामने, खुद को बेहद छोटा महसूस कर रही थी। उसके मन में तिरस्कार और डर का एक तूफान चल रहा था। रोते हुए, वह वहाँ से भाग जाती है। गूँगा, जो उसके प्रति निष्क्रियता से भरा था, बस उसे ताकता रह गया। शशि की आँखों में आँसू थे, और उसके दिल की धड़कन तेज हो गई थी। वह दौड़ कर उस मंदिर से बहुत दूर जाना चाहती थी, जहाँ इस गहन संकट का जन्म हुआ था।

उसकी नाराज़गी शायद उस खीर की तारीफ़ न करने के कारण थी, जो उसने बड़े प्यार से बनाई थी, या फिर उसके निवेदन को अस्वीकार करने के लिए। शायद यह सब कुछ और भी गहरा था। शशि रोती आँखों के साथ अब शमशान पहुँच चुकी थी। शाम हो चुकी थी, और घाट से शमशान तक लाशों का हजूम वहाँ आने लगा था। शशि को बस सफेद कफ़न और अघोरी दिखते थे, जो उसे और भी डराते थे। एक पल के लिए यह सब देखकर वह भयभीत हो गई। रास्ते में बैठे कई अध-नंग अघोरी उसे गुस्से में देख रहे थे, उनकी आँखों में एक अदृश्य भयावहता थी।

वह भागती हुई, सामने से आ रही भीड़ और लाशों से गुज़रते हुए पुल पर पहुँचती है। वहाँ, उसने श्वेता दीदी से शाम से पहले आने का वचन दिया था, पर अब वहाँ कोई नहीं था। यह देखकर उसकी धड़कन तेज़ हो जाती है, और एक अजीब सा डर उसके मन में घर कर जाता है।

सूरज ढल चुका है, और शाम के सन्नाटे में लाशों का शमशान में आना जारी है। शशि घबरा कर मौन-सी हो गई है, उसकी आँखों से आँसू बहते जा रहे हैं। वह वहीं पुल पर बैठ गई, जहाँ उसने श्वेता को आराम करते छोड़ दिया था। बदहवास, वह यहाँ-वहाँ ताक रही है कि तभी दूर से आती रोशनी उसकी आँखों पर पड़ती है। वह उठ खड़ी होती है, सामने से जीप उसकी ओर आती दिखाई पड़ती है। रोशनी क़रीब आते-आते, शशि ने आँखें मूँद ली थीं, उसकी तीव्रता शायद शशि की उदास आँखें बर्दाश्त नहीं कर पा रही थीं।

जब शशि ने आँखें खोलीं, तो उसके सामने अभिषेक शुक्ला अपने हाथों में पट्टी बांधे जीप में बैठा उसे घूर रहा था। शशि उसे यहाँ देख काँप जाती है। शशि पर पड़ रही हेडलाइट की तेज़ रोशनी से अभिषेक के पास बैठी श्वेता उसका डर साफ़ देख पा रही थी। शशि, अब भी गाड़ी से बहुत दूर, किसी मुर्दा लाश की तरह खड़ी है। अंदर भैरव के तिरस्कार से वह अभी निकली भी नहीं थी कि उसका फिरसे तिरस्कार होना बाकी था। अभिषेक जीप से उतरकर हाथों के इशारे से उसे अपनी तरफ़ बुलाता है।

शशि की बड़ी बहन श्वेता, गाड़ी में बैठी हुए, शशि को जल्दी आने का इशारा कर रही है। लेकिन शशि की हिम्मत नहीं थी कदम बढ़ाने की। वह जैसे कोई पुतला बनकर, आँखों में आँसू लिए देख रही थी। अभिषेक उसे देख गुस्से में ज़ोर से चिल्लाता है,

"शशि!"

वो आवाज़ इस शांत मरुआस्थल पर तब तक गूँजती रही, जब तक अभिषेक तेज़ी से गाड़ी को दौड़ाते हुए वहाँ से बाहर नहीं निकल गया। शशि की आँखों में आँसू थे—कुछ उसके भाई के भय से, कुछ उस अधनंगे अघोरी के तिरस्कार से। उसे यह समझ नहीं आ रहा था कि वह किसे

ज्यादा डर रही है। उसकी धड़कनें तेज़ हो रही थीं, जैसे हर एक पल उसके अंदर एक नई चिंताओं का बवंडर उठा रहा हो।

अभिषेक ने अपने घायल हाथ से स्टीयरिंग को तेज़ी से घुमाया और पुल पार करते हुए उसकी आँखों के कोने से गंगा का नीला पानी साफ़ दिखाई दे रहा था। तभी उसे दूर से शंखनाद की ध्वनि सुनाई दी। यह ध्वनि जैसे शशि के अंदर एक और गहरे दुःख को जन्म दे रही थी। वह रोती आँखों से एक बार फिर उस मंज़र को देखती है। आज वह उससे बहुत दूर जा रही थी, उस दृश्य से दूर, जिसे देखने के लिए वह इतनी बेचैनी में थी।

अभिषेक गुस्से में गाड़ी को और तेज़ी से भगाते हुए ज़ोर से चिल्लाता है,

> *"श्वेता दीदी, तुम ही बिगाड़ दी हो!*
> *हम गोली मार दें, इनकी जो करतूत है!"*

इस क्रोध में निहित दर्द और आक्रोश ने शशि को और भी विचलित कर दिया। उसकी आँखों में आँसुओं का सैलाब उमड़ पड़ा, जैसे वह किसी गहरे महासागर में डूब रही हो। वह दृश्य अब आँखों से ओझल हो चुका था, लेकिन उसकी यादें उसके मन में ताजा थीं। वह पलटकर अपनी बहन को देखती है, जो मुँह फुलाए उसकी तरफ़ देख भी नहीं रही। श्वेता का यह मौन उसे और भी ज्यादा दुःख दे रहा था, जैसे वह अपने अंदर एक संघर्ष की लड़ाई लड़ रही हो—एक तरफ़ अपने परिवार का दर्द, दूसरी तरफ़ उस स्थिति की जटिलता।

शशि ने अपनी आँखें बंद कर लीं, अपने आंसुओं को रोकने की कोशिश की, लेकिन वे बस बहते रहे। क्या वह कभी इस पल को भूल पाएगी? क्या उसे हमेशा इस दर्द का सामना करना पड़ेगा? इन सवालों ने उसकी आत्मा को और भी भारी बना दिया था।

5

कुरूप

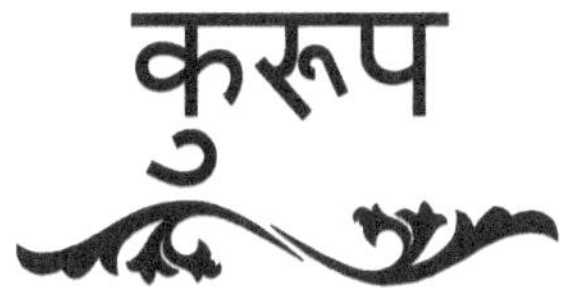

झूँसी उस शाम शांत बैठी थी, जैसे आसमान के रंगों ने भी उसके मन की उदासी को समझ लिया हो। आज झूँसी की रानी को अपमानित होना पड़ा था, और उसकी आत्मा में एक गहरी छिद्र हो गई थी। शशि अपनी खिड़की पर खड़ी थी, उसकी आँखों में भय की एक चमक थी। वह अभी भी उस दृश्य को देख रही थी, जिसे आज क़रीब से देख वह भयभीत थी। उस दृश्य की छवि उसकी आँखों के सामने घूम रही थी, जैसे एक काला साया, जिसे भुलाना संभव नहीं था। एक तरफ़ वह भैरव की नाराज़गी का सामना कर रही थी, और दूसरी तरफ़ अघोरी की उपस्थिति ने उसके मन में एक अजीब सी बेचैनी पैदा कर दी थी।

श्वेता, जिनके स्वर आमतौर पर सरल और सौम्य होते थे, गुस्से में चिल्लाते हुए कहती हैं,

"तुम्हारा दिमाग़ ख़राब हो गया है, शशि।
तुम क्या कर रही हो? तुम्हें पता भी है...?"

शशि अभी भी खिड़की की ओर मुँह किए, मंदिर को एक टक ताक रही थी।

"अभिषेक ठीक कहता है।

हमारी ग़लती है, जो हम तुम्हारा भोला चेहरा देखकर पिघल जाते हैं।

तुम हमेशा क्यों ऐसे में फँस जाती हो?"

शशि के चेहरे पर मानो कोई भाव नहीं था, उसकी आँखों में एक गहरी उदासी थी, जैसे वह एक बर्फ़ के टुकड़े में बदल गई हो। वह आंतरिक रूप से संघर्ष कर रही थी, लेकिन बाहर से शांत रहने की कोशिश कर रही थी। श्वेता उसके पीछे भुन-भुनाते हुए कहती रहीं:

"वहाँ भाई बेड पर पड़ा है और तुम... उस इलाक़े में।

जानती हो, कौन हैं वो...? अघोरी।

तंत्र मंत्र करते हैं। गाँजा और अफ़ीम पीते हैं...

शमशान में रहते हैं।

क्या तुम जानती हो, ये सब तुम्हारे लिए कितना खतरनाक है?""

शशि अब भी चुपचाप आँखों में आँसू लिए मंदिर की ओर देख रही थी, जैसे वह उस स्थान से खुद को अलग नहीं कर पा रही हो। उस मंदिर की दीवारों में, उसके भीतर के डर के अंश थे, जो उसे खींच रहे थे।

"अगर कोई तुम्हें देख लेता और तुम्हें कुछ कर देता तो?"

श्वेता की आवाज़ में चिंता और भय मिश्रित थे, लेकिन इससे पहले कि वह अपना वाक्य ख़त्म कर पाती, शशि बहुत धीमे स्वर में, रोते हुए मंदिर को ताकती कहती है,

"पर!

उसने तो... हमें देखा ही नहीं..."

ये शब्द उसके होठों से निकले और जैसे ही उसने ये कहा, उसका गला भर आया था। आँसुओं का सैलाब मानो बिन चाहे ही निकलने लगा था, जैसे

दिल के अंदर छिपा हुआ दर्द बाहर आकर उसे और अधिक अपमानित कर रहा हो। वह महसूस कर रही थी कि उसकी बेबसी ने उसे कितना कमजोर बना दिया है। श्वेता उसे बाहों से खींचकर पलटते हुए उसके आँसू से भरे चेहरे को देख घबरा गई थी।

"शशि, किसकी बात कर रही है तू...?
मुझे समझाओ, क्या चल रहा है?"

श्वेता की आवाज़ में चिंता स्पष्ट थी, वह जानती थी कि कुछ गहरा चल रहा है, लेकिन शशि जैसे स्तब्ध थी।

शशि की आँखों में बेताबी थी, लेकिन मन में चल रही उथल-पुथल को व्यक्त करने में वह असमर्थ थी। उसे तो ख़ुद अंदाज़ा नहीं था कि किस बात ने उसे आज इतना दुखी और अकेला कर दिया है। श्वेता ने बहुत जतन किए ये जानने के कि शशि किसकी बात कर रही है, लेकिन शशि जैसे बुत बनी अपने ही ख़यालों में खोई रही, उसके अंदर एक निरंतर संघर्ष चल रहा था—अपने डर, अपने अपमान, और अपनी पहचान की तलाश में।

एक क्षण के लिए, शशि ने सोचा कि क्या वह इस अंधेरे से बाहर निकल पाएगी, या फिर हमेशा के लिए इसी भय और तिरस्कार की चपेट में फंसी रहेगी। उसकी आँखों से गिरते आँसुओं ने एक नई कहानी बुननी शुरू कर दी थी, एक ऐसी कहानी जिसमें उसे ख़ुद को पहचानने के लिए एक और लड़ाई लड़नी थी।

❦

अभिषेक शुक्ला घर के बाहर वाले आँगन में ही सोता है और आज उसकी व्याकुलता चरम पर है। अपने हाथ में लगी चोट से ज़्यादा दर्द उसे उस अपमान का है, जो पूरे इलाहाबाद के सामने उसे घर में ही क़ैद किए हुए है। राधा भैयाजी का पानी का लोटा रख के मच्छरदानी लगाने लगती है और इशारे से भैयाजी को उसकी मदद करने को कहती है। अभिषेक अब भी किसी साँड़ की तरह अपमान में पूरे आँगन में फुफकार रहा है।

अभिषेक मच्छर दानी के दो डंडे पकड़कर खटिया के पाँव में ठूँसते हुए राधा को देखता है। उसकी निगाहों ने राधा को असहज महसूस करा दिया था, वह जल्दी से मच्छरदानी लगा वहाँ से जाने लगती है।

"सुन!"

जैसे शैतान ने आवाज़ लगाई।

"पानी दे।"

और जैसे ही राधा लोटे का पानी निकालकर स्टील की गिलास में भर्ती वह किसी भेड़िए की तरह उस पर टूट पड़ा। अभिषेक अमूमन अपना गुस्सा इसी तरह राधा पर निकाला करता था। मच्छरदानी के अंदर मानो अपने सारे क्रोध को अभिषेक शुक्ला इस कुकर्म से निकाल रहा था। गिलास के गिरने की तेज़ आवाज़ को भी वह अपने वहशीपन में भूल गया था और उस घाव को भी जो उसके कंधे पर था। बड़े गुरुजी कुछ आहत सुनकर आँगन में आए और अपने उत्तराधिकारी के नामर्दानी के सबूत को देख वहाँ से निकल गए।

♾

शशि अब भी अपनी खिड़की पर बैठी उस मंदिर को ध्यान से देख रही है, जो उसके मन में एक अदृश्य आकर्षण पैदा कर रहा है। अचानक उसकी नज़र झाड़ियों पर पड़ती है, जो हिल-हिल कर किसी के वहाँ होने का अंदेशा दे रही थी। उसकी आँखों में आँसू थे, लेकिन साथ ही एक हल्की सी मुस्कान भी। अंशुल, जो झाड़ियों में छिपा हुआ था, अब धीरे-धीरे बाहर आता है। वह किसी तरह टूटा-फूटा, हाथ-पाँव में प्लास्टर लिए, वहाँ आ रहा है। उसकी आँखों में एक उम्मीद थी, जिसे शशि शायद इसी समय की तलाश में थी।

"आप शमशान काहें गई थीं?"

अंशुल ने नीचे से ज़ोर से पूछा। उसकी आवाज़ में चिंता और उत्सुकता का मिश्रण था।

शशि ने उसकी ओर देखा, और गुस्से में बगल में पड़ी प्लास्टिक की कुर्सी को उठाकर उसकी तरफ़ फेंक दी। अंशुल, जो अभी भी उस गुस्से के लिए तैयार नहीं था, पीछे हटना चाहता था, लेकिन उससे पहले ही वह कुर्सी उसके प्लास्टर वाले हाथ पर गिर गई। वह ज़ोर से चीख उठा।

"चुप रहो!"

शशि ने उसे चुप रहने का इशारा किया।

"हसबैंड हो तुम हमारे?"

उसने अपने अपमान की बात करते हुए कहा, लेकिन उसकी आवाज़ में एक अलग ही तड़प थी।

अंशुल किसी तरह अपने आपको संभालता हुआ बोला,

"हमें... माफ़ कर दीजिए..."

उसकी आवाज़ में विनम्रता थी, जैसे वह हर परिस्थिति में शशि का सम्मान करना चाहता हो।

शशि गुस्से में अभी भी उसे चिल्ला के कहती है,

"किस मेंटैलिटी को हो तुम लोग...?
लड़की बाहर क्या चली गई। तुम लोग हज़ार सवाल करोगे...
तुममें और हमारे भैया में कौन फ़र्क है?"

अंशुल चुपचाप वहाँ उसकी बातें सुनता रहा, अपने अंदर के मर्द और दर्द को दबाए। वह समझ गया कि उसे क्या करना है। झट से शशि की बात को काटते हुए बोला,

"अच्छा, जाने दीजिए... ये बताइए, कैसी हैं आप...?"

"वैसे... बहुत सुंदर लग रही हैं"

उसने मुस्कुराते हुए कहा।

शशि को समझ आ गया था कि अंशुल यह कहकर उसे ख़ुश करना चाहता है, और इस पर वह मुस्कुरा देती है। लेकिन दूसरे ही पल, उसकी मुस्कान उधड़ जाती है, और वह उदास होकर बोली,

"वो उस तरफ़ मंदिर है ना...
हम उस मंदिर की तरफ़ जाना चाहते हैं...
एक बार आरती सुनना चाहते हैं वहाँ..."

अंशुल उसकी ऊँगली के इशारे की तरफ़ देखता है। मंदिर की ओर देखते हुए, फिर बीच की नदी को देखता है और कहता है,

"हाँ! तो ये तो बहुत आसान है।
हम तो आपके लिए कुछ भी कर लेंगे।"

शशि ख़ुशी से उसे एक मुस्कान देते हुए कहती है,

"कल कॉलेज छूटने के बाद तुम हमें वहाँ ले जाओगे।"

अंशुल फटाफट अपनी महबूबा की हाँ में हाँ मिलाते हुए कहता है,

"जी! हम कल जयसवाल का रिक्शा लेके आ जाएंगे।"

शशि ने फिर से उसे मुस्कुराते हुए कहा,

"तुम्हारे और हमारे सिवा इस बारे में किसी को पता नहीं चलना चाहिए।"

अंशुल चुपचाप किसी डिटेक्टिव की तरह उसे देख रहा था। वह उसकी हर बात का ध्यानपूर्वक अवलोकन कर रहा था।

> *"तुम्हारी स्पलेंडर कहाँ है?*
> *हम उससे चलेंगे। पुल के आगे रिक्शा नहीं जाता।"*

शशि ने पूछा।

अंशुल एक सेकंड के लिए अपनी टूटी टाँग को देखता है। उसके चेहरे पर हिचकिचाहट थी, जैसे वह कुछ कहना चाहता हो, लेकिन शशि ने उसकी शिकायत सुनते हुए उसे फटकारा,

> *"तुम हमारे लिए इतना नहीं कर सकते...*
> *अभी तो जान देने की बात कर रहे थे।"*

अंशुल अपने प्लास्टर को देखते हुए बोला,

> *"देखिए, हम अपना वज़न उठा लेगी...*
> *लेकिन आपका वज़न उठाते उठाते...*
> *गिर गए न तो अलग मुसीबत हो जाएगी।"*

शशि मुस्कुराते हुए कहती है,

> *"तुम बस अपनी खटारा को यूनिवर्सिटी के बाहर तक ले आना,*
> *बाक़ी हम संभाल लेंगे।"*

उसकी आवाज़ में आत्मविश्वास था, जैसे उसने अपने दुखों को पीछे छोड़ने का फैसला कर लिया हो।

अंशुल उसके इरादों को देखकर प्रभावित हुआ, और उसकी आँखों में एक चमक आ गई। शशि की मुस्कान ने उसे और प्रेरित किया, जैसे वह एक नई शुरुआत की ओर बढ़ रहे हों।

सवेरा शशि के लिए फिर एक नई उम्मीद लेकर आया था। शाम को भैरव के पास जाने की संभावना ने शशि के दिल में एक नई ऊर्जा भर दी थी। वह जानती थी कि भैरव उसे देखकर उसके जादू में बंध जाएगा। शशि शुक्ला इतनी जल्दी हार मानने वालों में नहीं थी; उसकी हिम्मत और आत्मविश्वास उसके व्यक्तित्व का अभिन्न हिस्सा थे। सज-धज कर, माथे पर पीली बिंदी लगाए, सफ़ेद सूट में शशि किसी अप्सरा-सी लग रही थी। उसकी आँखों में चमक और चेहरे पर एक हल्की मुस्कान थी, जो उसके भीतर छिपे आत्मविश्वास का प्रतीक था।

उसका उद्देश्य उस वैरागी का अहंकार तोड़ना था, और वह जानती थी कि इस बार वह किसी भी कीमत पर सफल होगी। सवेरे उठते ही खीर की तैयारियाँ शुरू हो गई थीं। श्वेता, जो सुबह-सुबह तैयारियों में जुटी थी, उसे समझ नहीं आ रहा था कि उसकी बहन, जो रात में आँसू छलका रही थी, सवेरे अचानक इतनी ख़ुश कैसे हो गई। लेकिन वह इस नए माहौल को देखकर ख़ुश थी और शशि की सहायता कर रही थी।

शशि खीर के टिफ़िन को पैक करते हुए उसे अपने बैग में ठूँसती हुई, श्वेता से कहती है,

"आज हमें लेने मत आना। हम आ जाएँगे।"

"अरे, कैसे आएगी?"

श्वेता ज़ोर से चिल्लाते हुए बोली, जैसे यह सवाल ही बड़ा हो। वह दरवाज़े की तरफ़ बढ़ चुकी थी।

"शालिनी छोड़ देगी…"

शशि ने अपने चेहरे पर एक मुस्कान रखते हुए कहा।
श्वेता थोड़ी परेशान होते हुए सवाल करती है,

"शालिनी तो सिविल लाइन्स की तरफ़ रहती है।"

शशि ने रुककर अपनी बहन की तरफ़ देखा, उसकी आँखों में दृढ़ता और आत्मविश्वास झलक रहा था।

"आप काहें डिटेक्टिव बन रही हो, दीदी?"

उसने चुटकी लेते हुए कहा।

"कह दिया ना, आ जाएँगे।"

शशि ने झट से दरवाज़ा खोला और बाहर निकल गई, जैसे वह अपने सपनों को साकार करने के लिए तैयार हो।

सड़क पर जाते हुए, शशि का मन भैरव से मिलने की चाहत से भर गया। उसे यकीन था कि उसका प्रयास रंग लाएगा। हर कदम के साथ, उसकी धड़कनें तेज़ होती गईं, लेकिन उसने अपने मन में निश्चय कर लिया था कि इस बार वह पीछे नहीं हटेगी।

∽

कॉलेज में हर लेक्चर के बाद शशि शुक्ला घड़ी की सुईयों को देखती उस पल का इंतज़ार कर रही है, जब शाम होगी और कॉलेज छूटेगा। पूरे क्लास उसने सिर्फ़ उस घड़ी को निहारा था, जो मानो आज चींटी की भाती रेंग रही थी। क्लास छूटते ही शशि यूनिवर्सिटी के गेट पर पहुँच गई। जहाँ अपने प्यार के लिए अंशुल लंगड़ा पैर लिए खड़ा है। अपनी खटारा स्प्लेंडर के साथ वहाँ खड़े अंशुल को अपने पैर के पुनः टूटने से ज़्यादा डर इस बात का था कि अगर शशि शुक्ला को लेकर वह गिरा, तो इलाहाबाद में उसका रहना मुश्किल था। पर शशि शुक्ला के पास शायद इसका उपाय था। शशि मुस्कुराते हुए उसको देखती है।

∽

हम हेलिकॉप्टर की तेज़ी से भागती स्प्लेंडर को देखते हैं। पिछली सीट पर अंशुल अपने लंबे प्लास्टर वाले पैर को लेकर भयभीत बैठा है। अगली सीट पर शशि शुक्ला आँधी से भी तेज़ 80 की स्पीड में बाइक भगा रही

है। गाड़ी की आवाज़ चिल्ला-चिल्ला कर बता रही है कि उसकी औक़ात अमूमन इससे कम की थी। शशि शुक्ला हंसती हुई हवा में उड़ रही थी। पीछे बैठे अंशुल के लिए रास्ता काटना बहुत मुश्किल था।

शशि शुक्ला अब उस पुल के क़रीब पहुँच चुकी है और अपने उत्साह में पूरी तेज़ी से गाड़ी को पुल पर चढ़ाती है। पर बाँस के पुल पर अचानक टायरों से आती सून-सान आवाज़ से वह डर कर अपनी गति पर नियंत्रण पाती है।

पुल के इस ओर मानो उसका कोई पुराना नाता था। वह पुल को पार करके अब शमशान के मुहाने से गुज़रती है। पीछे बैठा अंशुल अब भी आँखें मूँदे कुछ बुदबुदा रहा है, मानो अपनी जान की सलामती के लिए गंगा मैया से वरदान माँग रहा हो। शमशान के कई अघोरी अचानक गाड़ी को देखकर उस तरफ़ बढ़ते हैं। सामने से भी अघोरियों का झुंड शशि की तरफ़ आता हुआ दिखता है।

शशि डर के मारे गाड़ी रोकती है और अंशुल को पीछे बैठा छोड़, वह गाड़ी से उतर कर मंदिर की तरफ़ भागते हुए उससे कहती है,

"अब इनको तुम संभाल लो।"

अंशुल एक पल के लिए उसे कुछ कहना चाहता है, पर फिर अघोरियों को इतना पास देख उसकी ज़बान चिपक जाती है। शशि, किसी अप्सरा-सी, इस मरुआस्थल में अपने कोमल पैरों से धीरे-धीरे बढ़ रही थी। उसकी नज़र भैरव को ढूँढ रही थी, जो उसे कहीं नज़र नहीं आ रहा।

उसकी नज़र गूँगा पर पड़ती है, जो मंदिर के कुछ दूर पर एक बड़ा-सा बर्तन चढ़ाए कुछ पका रहा है। शशि उसकी तरफ़ दौड़ते हुए जाती है और उससे भैरव के बारे में पूछती है। गूँगा ने उस दिन शशि के आंसू देखे थे, इसलिए वह उसे इशारे से अपने पीछे-पीछे आने को कहता है। शशि गूँगा के पीछे चलते-चलते काली मंदिर के पीछे वाली ख़ाली जगह पर पहुँचती है, जहाँ एक पहाड़ नुमा टीले पर भैरव ध्यान की अवस्था में बैठा है। शशि उसे देख मन ही मन मुस्कुराती है। भैरव एकाग्र होकर अपनी ध्यान अवस्था में लोक से परे है।

गूँगा अपने मुँह से कुछ स्वर निकालकर शशि का ध्यान अपनी ओर आकर्षित करता है। शशि मुड़ते हुए उसे देखती है और वह इशारे से उसे कहता है कि उसे भोजन बनाने जाना है, क्योंकि ध्यान से निकलते ही भैरव को भूख लगेगी। शशि झट से अपना टिफ़िन निकालती है जिसमें खीर है, जो उसने ख़ुद अपने हाथों से बनाई है। गूँगा उसे देख हँसता है और इशारे से अपने दोनों हाथों को फैला कर भैरव की खुराक का अनुमान बताता है। यह सब सुनकर शशि दुखी हो जाती है। गूँगा हँसता हुआ वहाँ से निकल जाता है।

शशि सजी धजी उस मंदिर के पीछे चौखट पर बैठ जाती और दूर से भैरव को निहारती है। इस भभूत से ढके अघोरी को देखकर शशि को एक पल के लिए ऐसा लग रहा था, जैसे उसके बचपन के सावन के सोमवार के सारे व्रत सफल हो चुके थे और भोलेनाथ स्वयं उसके सामने थे। शशि बहुत देर तक उसे देखती रही, फिर सहसा जिन बंद नेत्रों को वह एक टक ताक रही थी, उनके खुलने का आभास होते ही शशि भय से छिप जाती है।

भैरव अपनी आँखें खोल चिमटा उठाकर बजाता है। मानो यह संकेत हो उसके भूख की चरम पर पहुँचने का। शशि समझ जाती है और अपने टिफ़िन को बैग से निकालकर दबे पाँव गोल घूमते हुए पीछे से भैरव के पास पहुँचकर अपना टिफ़िन उसकी तरफ़ बढ़ाती है। उसके पायल की ध्वनि से उसके होने का आभास भैरव को हो चुका था। वह खीर से भरा टिफ़िन भैरव के पैरों के पास रखती है, जिसे भैरव खाने लगता है। भैरव भभूत से लिपटे हाथों से ही उसे खा रहा है। जिसे देख शशि कुछ पल के लिए घिन करती है, पर उसका खाने से इतना प्रेम शशि को बहुत सुकून दे रहा है और वह उसे पीछे से निहार रही है। खीर ख़त्म करके भैरव को उठता देख शशि चिल्लाती है,

"खीर अच्छी लगी ना तुमको?"

अघोरी एक पल के लिए थम जाता है और उसके थमने के साथ ही मानो पूरा घाट मूक हो गया था। इस शांति को चीरते हुए शशि फिर से

चिल्लाती है,

> *"जब हम खीर बनाते हैं ना,*
> *तो पूरा इलाहाबाद यूनिवर्सिटी ऊँगली चाट चाट के खाती है।"*

शशि बस चाह रही है कि भैरव उसे एक पल के लिए देख ले। पर वह तो अभी भी किसी चट्टान की तरह खड़ा है और शशि की बात पूरी होने का इंतज़ार कर रहा है।

शशि के सब्र का बाँध टूटता है और वह नीचे पड़ा एक पत्थर उठा कर बड़े प्यार से भैरव की पीठ पर मारती है। शशि को लगा था भैरव इससे पलटेगा, पर उसे बुत की तरह खड़ा देख वह और हताश होकर कहती है,

> *"हमने बहुत प्रेम से बनाया था।"*

कहते-कहते उसके स्नेह आंसू छलक आते हैं।
भैरव उसकी बात को काटते हुए,

> *"शमशान में है....."*

भैरव के स्वर मानो गूँजते हुए शशि के कानों में पहुँच रहे थे।

> *"एक अघोरी के सामने प्रेम की बात करना भी उसका*
> *अपमान है।*
> *अपना प्रेम उस संसार के लिए बचा के रख,*
> *जिसमें तू निवास करने का ढोंग रचती है।"*

शशि फिर से तिरस्कार नहीं सह पाई, उसकी आँखों से आँसू टपकने लगते हैं। पर फिर भी मानो आज वह सब बोल देना चाहती हो।

> *"हम तुमसे दोस्ती करना चाहते थे,*

इतना नौटंकी काहें कर रहे हो? हमें एक बार देख तो लो......
सब बड़ी-बड़ी बातें भूल जाओगे।"

भैरव अपने क़दम बढ़ाते हुए वहाँ से निकलने लगता है और शशि ज़ोर से चिल्ला कर रोते हुए,

"दीदी सही कहती है तुम लोगों के बारे में।
राक्षस हो तुम लोग! मुर्दा लाशों के साथ ...।"

शशि की चीख़ में उसका गला फट चुका है। मानो चिल्ला कर वह अपना गुस्सा दिखा रही हो।

"तुम लोगों को क्या पता, कि कोई जब इतने प्यार से कुछ बना के लाता है...
तो उसका क्या मतलब होता है।"

शशि का गला भर आया है।
नशेड़्डी कहीं के......

"सनकी......
तुमको यहाँ नहीं पागल-खाने में होना चाहिए,
दिन भर बस बैठे-बैठे ध्यान के बहाने सोते रहते हो आँख बंद किए और कहने को बड़ी-बड़ी बातें।
हमें भी कोई शौक़ नहीं है तुमसे बात करने का...
बस अपना शंख का साउंड थोड़ा कम रखा करो।
ताकि हमारे कानों में तुम्हारी बेसुरी ध्वनि ना पड़े,
जिसके कारण हम यहाँ भागे-भागे चले आए..."

भैरव पलटता है और उसके पलटते ही शशि चुप हो जाती है।

शशि के सारे अनुमान ढेर हो चुके थे। उस अघोरी की आँखों ने जब शशि को पहली बार देखा, तो शशि जैसे खो गई थी। आग-सी लाल उसकी आँखों में इतनी शीतलता थी कि शशि उसमें डूब गई। भैरव उसके आँखों के फैले हुए काजल को देखते हुए और शशि की तरफ़ क़दम बढ़ाते हुए उससे कहता है,

"मित्र। सखा... प्रेम। संसार।
ये जितने भी शब्द तूने कहे, वो शमशान के उस ओर।"

शशि एक टक उसे देखे जा रही है।

"जहाँ तू खड़ी है......
वहाँ से सिर्फ़ एक रास्ता जाता है......
वैराग्य का।
इन शब्दों का मुझसे कोई सरोकार ना है और ना कभी होगा।"

शशि की आँखों से गंगा बह रही है। इतना तिरस्कार तो शशि शुक्ला का कभी ना हुआ था, उसने सोचा था कि उसे देख भैरव उससे प्रेम कर बैठेगा पर वह तो उसे बहुत दूर किसी तुच्छ जगत का वासी बता रहा था। रोते-रोते मानो वह अब विलाप कर रही थी।

"बहुत बोले तुम...।
पर हम जो सुनना चाह रहे थे, एक बार भी नहीं बोले।
भगवान हो तुम।?"

शशि चीख़ती रोती,

"हम सबेरे से......
तुम्हारे लिए......
उठके पूरे घर में लड़ाई कर रहे हैं।

हमारे भोले नाथ से बड़े हो।?
नहीं ना ...?
तो जब वह हमें आज तक कुछ नहीं बोले।
तो तुम कौन हो? हमें इतना छोटा दिखाने वाले......
तुम हो कौन?""

भैरव उसके बचकाने तर्कों से बिलकुल संतुष्ट नहीं था, पर शशि के निश्चल अश्कों को देख शायद इस चट्टान का दिल पिघल गया था। शशि को यूँ रोता देख उसके सारे तर्क विफल हो गए थे। एक टक शशि के आँसुओं को देखता हुआ धीरे से बुदबुदाता है,

   "स्वादिष्ट थी...... खीर।"

शशि आश्चर्य होकर उसे देखती है। जो ये कहते ही अपनी नज़रें झुकाए मानो ज़मीन को ताक रहा है। शशि अचानक से आंसू पोंछकर अपनी आँखें नीचे मोड़े उसे देखने का प्रयास कर रही थी मानो ये सुनना ही शशि शुक्ला का उद्देश्य था। वह अचानक हँसते हुए,

   "सच में.... ना...?"

भैरव अपने सर को हिलाते हुए "हाँ" में धीरे से जवाब देता है और आगे बढ़ जाता है।

शशि अब उत्साहित हो गई थी, मानो वह इसी पल की राह देख रही थी, अपने असली बदमाशी पर आते हुए।

   "अब आए हो तुम लाइन पे।
   इतना काहें जूझ रहे थे?
   हमें पता था हमारे प्यारे से चेहरे को देख,
   कैसे हम पर कोई गुस्सा दिखा सकता है?"

भैरव नल की तरफ बढ़ता है, जबकि शशि बात करते-करते उसी ओर चलने लगती है।

"इलाहाबाद यूनिवर्सिटी में जाके पूछो।
पूरा इलाहाबाद हमारे पीछे है।
लड़कों की पूरी फ़ौज लगी रहती है हमारे पीछे।
हम जो भी पहले करें, वह ट्रेंड बन जाता है।"

भैरव नल के नीचे जाकर पानी पीने का मन बना रहा है, लेकिन शशि अपनी बातों में खोई हुई है।

"और तुम्हें पता है, जब हमारा B.A. में एडमिशन हुआ था,
तो पूरा मोहल्ला पार्टी कर रहा था।
हम जहाँ भी जाते हैं, लोग हमारे साथ हो जाते हैं।
हम जूँसी की जान हैं।
हमारा दोस्त भी आया है, अंशुल!
बाहर ही खड़ा हमारा इंतज़ार कर रहा है।
तुम इतना ज्यादा ऐटिट्यूड दिखा रहे थे,
हमें लगा उसके सामने हमारी बेइज़्ज़ती कर दोगे।
पूरी कॉलेज में बात फैल जाएगी।
इसलिए हम उसे नहीं लाए।
हमारी तुम्हारी अच्छी दोस्ती हो जाएगी, तो हम उससे मिलवाएँगे।
तुम्हें पता है, हमारे जो भैया हैं...
वह इस शहर के बहुत बड़े नेता हैं..."

भैरव उसे ध्यान से देखता है और शशि झेप कर हैंडपंप हाथों से चलाती है।

"ऐसे क्यों रहते हो तुम?
तुम्हारी दाढ़ी इतनी बढ़ गई है।"

भैरव अपने हाथों की कटोरी बना कर पानी पी रहा है। शशि नल चलाती रही और वह बहुत देर तक पानी पीता रहा, मानो वर्षों की प्यास अब जाकर बुझी हो। पानी पीते-पीते उसकी साँस लेना भी भूल गया। अचानक से उसकी साँस रुकती है और वह पानी को अपने हाथों से छोड़ता है।

सामने गूंगा, डरा हुआ चावल का बर्तन लिए खड़ा है। उसे आज भोजन में देर हो गई थी, पर उसे क्या पता था कि बाबा की भूख तो प्यार से बने उन दो चावल ने दूर कर दी थी। वह शशि को देखता है और मानो पहली बार जलन महसूस करता है, क्योंकि यह उसका नित्य काम था, वह उनके बीच अचानक आकर नल चलाने लगता है। भैरव वहाँ पर अपने हाथ-पाँव धोने लगता है।

शशि उसे एक टक देख रही है, मानो वह इंतज़ार कर रही हो कि भैरव कुछ बोले, लेकिन वह अब भी चुप है और आगे बढ़ता हुआ मंदिर की ओर चल देता है।

मंदिर में गाँव के लोग उसका इंतज़ार कर रहे हैं, पंडितजी आगे बढ़ते हुए आरती की थाली उसकी तरफ बढ़ा देते हैं। भैरव किसी विद्वान पंडित की तरह आगे बढ़कर सीढ़ियों से चढ़ता हुआ वहाँ जाता है और बड़ी-सी आरती की थाली लेते हुए काली माँ के सामने आरती शुरू करता है।

शशि बस सीढ़ियों के पास खड़े भैरव को निहार रही है। जो दृश्य बचपन से दूर था, आज वह उसे क़रीब से देख रही है। तब शशि की आँखें एक बार फिर बंद हो जाती हैं, जब उस जटाधारी ने शंख को हवा में उठाकर उसमें जान भरी। वह आँख मूँद कर मानो उस ध्वनि में खो गई थी।

शंख ध्वनि के विराम के साथ आरती ख़त्म होती है। भैरव पीछे पलट कर शशि को ढूँढने की कोशिश कर रहा है, लेकिन शशि जा चुकी है।

भैरव को पहली बार किसी का इंतज़ार था।

6

संगम

शशि की सुबह जैसे किसी बहुत बड़ी खुशी के साथ हुई है। भैरव के दिल में उसके लिए एक विशेष स्थान बनने की प्रसन्नता उसके चेहरे पर साफ़ दिखाई पड़ रही है। सूरज की लालिमा में उसकी मुस्कान और भी ख़ूबसूरत लग रही है। उसे पता है, जिसे उसने बिन बोले छोड़ दिया है, उसका इंतज़ार होगा, और इसी बात की खुशी शशि को प्रफुल्लित कर रही है।

सुबह उठते ही वह खीर की तैयारियों में लग गई, जैसे यह उसकी रोज़ की दिनचर्या हो। कॉलेज जाने के बाद शाम को वही अंशुल की स्प्लेंडर पर जाती है।

हालाँकि, अंशुल को अब संदेह होने लगा था कि शशि रोज़ मंदिर जाने के बहाने किसी से मिलती है। उस दिन, जब वह शमशान में उसे छोड़कर मंदिर की तरफ़ जाने लगी, तो अंशुल ने उससे पूछा,

"आप मंदिर ही जाती हैं, ना?"

शशि मुड़कर उसकी तरफ़ नकली हंसी दिखाते हुए बोली,

"नहीं जी! वहाँ एक अघोरी है, शमशान में,
जिससे हमें लबब्ब हुआ है। समझे?"

शशि मंदिर की तरफ़ बढ़ गई, और अंशुल हंस पड़ा, सोचते हुए कि शशि ने क्या कहा।

૭

भैरव ध्यान में है, और शशि उसे सीढ़ियों पर बैठकर निहार रही है। तभी भैरव आँखें खोलता है और शशि को सामने बैठा देखता है। शशि आकर उसे खाना परोसने लगती है, रोज़ वह अपने हाथों से बना कर लाती है। अपने सवाल रखते हुए, वह भोजन भैरव की तरफ़ बढ़ाती है।

"तुम रोज़ ऐसे ध्यान में जाकर क्या सोचते रहते हो?"

भैरव का पूरा ध्यान भोजन पर है, और वह खीर पी रहा है।

"मेरा मतलब है, तुम बोर नहीं होते?
हमारा बस चले तो हम रात भर आँखें बंद ही न करें,
बस इस चाँदनी को निहारते रहें।"

भैरव भोजन समाप्त करके उठते हुए उसे उठता देख शशि भी उसकी तरफ़ बढ़ गई।

"तुम्हारा संसार आँखों का संसार है,
जहाँ जो दिखाई दे वही सत्य है।
मेरा संसार आंतरिक है, जो आँखें बंद करके दिखता है,
जिसकी न तो कोई आकृति है और न ही कोई सुंदरता।"

शशि को आज पहली बार भैरव में एक अघोरी दिखाई देता है। मंत्रमुग्ध होकर वह बस उसे देखे जा रही है।

૭

स्प्लेंडर के परखचे उड़ चुके थे, पर शशि की उम्मीद जस की तस बनी हुई थी। रोज़ शाम भैरव के साथ बिताते हुए, वह उसे और बेहतर समझने लगी थी। यह शमशान जैसे उसका घर बन गया था। मंदिर के पीछे, वह

रोज़ भैरव का तप करते हुए इंतज़ार करती और जैसे ही वह उठता, उसे भोजन कराती। भैरव, आरती पूरी कर जैसे ही पलटता, शशि जा चुकी होती थी।

इस दिनचर्या में हफ़्ते बीत चुके थे, और भैरव अब शशि को अपनाने लगा था। हर शाम उसका इंतज़ार करता, पर कभी अपनी भावनाएँ व्यक्त नहीं करता, बस चुपचाप रहता, मानो उसे किसी चीज़ से मतलब ही न हो।

शशि, नल चलाते हुए, अपने सवाल उस से पूछ लिया करती थी, जब बाबा अपने हाथों को मुँह पर लगाकर पानी पी रहे होते थे।

"पर तुमने कभी बताया नहीं।
हमें अहंकारी कहा, एलीयन कहा, सब कहा,
पर ये नहीं बताया कि हम तुम्हें अच्छे लगते हैं।
बोलो, बोलो!"

भैरव हमेशा की तरह बिना किसी अभिव्यक्ति के चला गया, और शशि अपनी हंसी रोकने की कोशिश करती रही।

❧

अभिषेक शुक्ला ने खुद को घर में क़ैद कर रखा है, कुछ गोली खाने की शर्म और कुछ अघोरियों के डर से। वह आँगन में बैठा दोपहर के खाने का आनंद ले रहा है। अभिषेक शुक्ला के चेले भैयाजी के घर की रोटियाँ तोड़ रहे हैं। राधा वहाँ खड़ी, खाना खिला रही है। भैयाजी हाथों को लोटे के पानी से धोते हुए भोजन करने बैठते हैं। इसी दौरान, बड़े गुरुजी वहाँ प्रवेश करते हैं, जिन्हें कभी सामूहिक बातचीत करना पसंद नहीं था, लेकिन शायद आज उनका गुस्सा चरम पर था।

"दस दिन हो गए अभिषेक, कुछ करोगे तुम या नहीं?"

अभिषेक खाना खाता है और जैसे ही गुरुजी की बात सुनता है, चिढ़कर राधा पर चिल्लाता है,

"ज़हर बनाई हो, कैसे खाएँ?
पानी दे,"

वह राधा से कहता है। राधा उसे पानी देने लगती है, और बड़े गुरुजी अभिषेक के पास आकर गुस्से में उससे कहते हैं, जो अब भी सिर नीचे किए चबा रहा है।

"तुम बस यहाँ औरतों को डराते हो, बाकी कुछ नहीं है
तुम्हारे अंदर।"

अभिषेक सिर उठाकर बड़े गुरुजी की तरफ़ देखता है। वह समझ जाता है कि गुरुजी क्या कहना चाहते हैं। वह राधा को देखता है और गुस्से में हाथों को थाली में धोकर, बीच में भोजन छोड़ देता है। क्रांतिकारी भाव से वह वहाँ से निकल जाता है। बड़े गुरुजी अक्सर इस शेर को इसी तरह जगाते आए थे।

अभिषेक एक लड़के को जीप निकालने को बोलता है, और धड़ाधड़ गाड़ियाँ निकलने लगती हैं। मानो आज पूरा शमशान जलकर खाक होने वाला था।

৶৹

आज शाम का नज़ारा काफ़ी देर तक चल रहा है। सूरज जैसे आज ढलने का नाम नहीं ले रहा। शशि अपनी स्प्लेंडर पर पुल पार करते हुए शमशान में पहुँचती है। वहाँ गूँगा इशारे में उसे जल्दी जाने को कहता है। शमशान में भैरव भूख से बौखलाया हुआ है। शशि अपनी स्प्लेंडर को भगाते हुए मंदिर की सीढ़ियों पर रुकती है और झट से टिफ़िन निकालकर भैरव के सामने रख देती है।

भैरव, जो किसी दानव की तरह भोजन पर टूट पड़ता है, उसे देखकर शशि ख़ुश होती है। वह एक टक उसे देखते हुए उसके खाने के ख़त्म होने का इंतज़ार कर रही थी। भैरव को टिफ़िन चाटते हुए देख, शशि उसे छेड़ते हुए पूछती है,

"इतना कुछ था खाने के लिए,
    फिर काहें नौटंकी कर रहे थे?"

भैरव उसे देखता है पर कोई जवाब नहीं देता। वह आगे नल की तरफ़ हाथ धोने के लिए बढ़ जाता है। शशि उसके पीछे-पीछे जाती है और नल चलाने लगती है। पर जब कोई जवाब नहीं मिलता, तो वह फिर से अपना सवाल दोहराती है,

"तुमने बताया नहीं...?
    वहाँ तुम्हारे लिए पूरा पकवान बना के रखा है...
    फिर भी क्यूँ नहीं खा रहे हो?"

भैरव अपने हाथों को धोता हुआ आगे बढ़ जाता है। अब शशि को कोई जवाब नहीं मिलता, तो वह ज़ोर से बोलती है,

"हम पागल हैं क्या?
    तुम्हारे लिए बस खाना बना के खिलाते रहें...?
    बात नहीं करेंगे हमसे। बहुत बड़ा समझते हैं अपने आप
को?"*

भैरव पलटकर कहता है,

"आरती के बाद कहाँ ग़ायब हो जाती है?"

शशि अपनी बदमाश नटखट मुस्कान के साथ उसे चिढ़ाते हुए जवाब देती है,

"हमारा परिवार है, हमारा घर है।
    हमारा अलग संसार है।"

भैरव उसे घूरकर देखता है। शशि समझ जाती है कि उसने अपनी लक्ष्मण रेखा लाँग दी है। वह चुप हो जाती है, और भैरव जाने लगता है।

तब शशि उसे पुकारती है,

> *"तो आप हमारा इंतज़ार करते हैं?"*

भैरव एक पल के लिए उसे कुछ नहीं कह पाता, पर फिर नज़रें चुराते हुए भुनभुनाता है,

> *"तू चाहे तो रुक सकती है।*
> *आरती को बीच में छोड़ के जाना भगवान का अपमान होता है।"*

शशि मुस्कराकर उसे देखती है, मानो जानती थी कि वैरागी बाबा क्या बात कर रहे हैं। जब भैरव उसे "तू" करके बुलाता है, तो वह झट से कहती है,

> *"हमारा नाम शशि है। शशि शुक्ला।"*

भैरव उसे ताकता है, इग्नोर करके निकल जाता है। शशि अपना मुँह बनाकर उसे पीछे से चिढ़ाती है। तभी दूर से उसे शमशान से अंशुल आता हुआ दिखता है।

> *"जाना पड़ेगा।"*

शशि उसे यहाँ देख दुत्कारती है,

> *"तुम यहाँ कैसे आए?*
> *नंदू बाबा देख लिए तो भस्म कर देंगे।*
> *अपने मन की काहें करने लगते हो तुम...?*
> *रुको, हम अभी चल रहे हैं।*
> *आरती ख़त्म होने दो।"*

अंशुल पूरी बात शशि को शायद बताना नहीं चाहता था।

"हमारी बात मानिए, आज नहीं।
कभी और आप आरती देख लीजिएगा..."

शशि अभी-अभी उस वैरागी को दिए वचन को याद कर चिल्लाती है,

"आज किसी का बाप हमें आरती में रुकने से नहीं रोक
सकता।
तुमको रुकना है तो रुको, नहीं तो कटो।"

अंशुल जल्दबाज़ी में शायद उसे कुछ समझा नहीं पा रहा था और शशि शुक्ला के सामने उसकी रत्ती भर ना चलनी थी।

"ठीक है, हमें जाना पड़ेगा।
पर आप भी जल्दी निकलिएगा..."

शशि मुँह बनाकर चिढ़ाती है,

"अब... हमारी चिंता ना करो, हम कर लेंगे... अब।"

अचानक शशि को याद आता है और वह फिर से अपने भाव को सौम्या करते हुए किसी बच्चे की तरह पूछती है,

"पर हम जाएँगे कैसे...?"

"स्पलेंडर छोड़ जा रहे हैं।
आप खड़ी कर दीजिएगा... मिंटू के बरामदे में।"

शशि ख़ुश होकर प्यार से कहती है,

"थैंक यू अंशुल... तुम नहीं होते तो..."

अंशुल जल्दबाज़ी में उसकी बात काटकर कहता है,

"गाड़ी बंद करके घर के अंदर ले जाइएगा...
नहीं तो सब जाग जाएंगे।"

यह कहकर अंशुल तेज़ी से शमशान की ओर निकल जाता है, पर उसके चेहरे की बेचैनी किसी बहुत बड़े संकट का अंदेशा दे रही थी।

शंख की ध्वनि सुनते ही शशि समझ जाती है कि आरती शुरू होने वाली है। वह झट से मंदिर के अंदर गाँव वालों की भीड़ में शामिल होती है, जहाँ वह अमूमन आरती को पीछे खड़े होकर देखती थी। पर आज शशि शुक्ला का मन आगे जाने का था। वह भीड़ को चीरती हुई भैरव के पास पहुँचती है, जो आरती शुरू कर चुका है। शशि उसे बस एक टक ताके जा रही थी। कठोर शरीर से निकलते मधुर स्वर इस वैरागी की असलियत बयान कर रहे थे।

आरती ख़त्म कर भैरव शंख को हवा में उठाकर बजाता है, और जब वह पीछे मुड़ता है, तो उसके अचरज का ठिकाना नहीं होता। शशि उसके क़रीब, उसके पीछे खड़ी, अपने पल्लू को सिर पर रखे, किसी बदमाश बच्चे की तरह मुस्कुरा रही है। भैरव के चेहरे पर पहली बार एक मुस्कान झलकती है।

इससे पहले कि आरती का माहौल शांत होता, हमें शमशान में गाड़ियों के आने की आवाज़ सुनाई देती है। सारे अघोरी रात में आ रहे इस स्वर से सचेत हो चुके थे, और उन्होंने अपने अस्त्र-शस्त्र निकाल लिए। अघोरी चिल्लाते हुए आरती के लिए आए लोगों को भगाकर पुल की तरफ़ शमशान को छोड़कर जाने की आज्ञा दे रहे थे।

"चलो भागो यहाँ से सब!"

एक अघोरी भागकर शम्भु से चिल्लाता है।

"वो नेता... फिर से आ गया है। और बहुत सारे लड़के लाया है।"

गूँगा शशि को इशारे से वहाँ से भाग जाने का संकेत करता है। शशि बदहवास गाड़ियों के पास पहुँचकर मंदिर के पीछे वाले रास्ते पर भागने लगती है। अघोरियों में गुस्सा है, और दूर से आ रही हेडलाइट अब शमशान से छन-छनकर भैरव के चेहरे पर पड़ रही है। वह अभी भी काली मूर्ति के सामने काल भैरव बने शांत खड़ा है, सब कुछ सुन रहा है।

मंदिर के सामने घाट पर दो हजार अघोरी अपना त्रिशूल लिए मारने काटने को आमादा हैं, पर शम्भु चिल्लाते हुए उनसे कहता है:

"कौनौ पहिले ना मारे।।
बम बम भोले!"

सारे अघोरी एक स्वर में गाड़ियों को अपने सामने आते देख

"बम बम भोले!"

का नारा लगाते हैं। ये स्वर गूँजता हुआ अभिषेक शुक्ला के कानों में पड़ चुका था, जो अपनी जीप को मंदिर के सामने रोकता है। उसके पीछे आठ-दस जीप धड़ाधड़ आकर रुकती हैं। इस काले घने मरुस्थल पर अचानक रोशनी चमचमा रही थी। गाँजे के नशे में धुत अघोरियों को ये चमक मानो काँटे की तरह चुभ रही थी। हर जीप में लोग भरे हुए हैं, जो हाथों में हॉकी लिए भैया जी के आदेश की प्रतीक्षा कर रहे हैं।

अभिषेक शुक्ला अधनंगे अघोरियों को ताकता हुआ मिंटू को इशारा करता है। मिंटू उर्फ़ राजन तिवारी हॉकी स्टिक लिए सबसे पहले गाड़ी से नीचे उतरता है:

"कहाँ है बुढवा?"

मिंटू बैल बुद्धि अकेला अघोरियों के हुजूम में शेर की तरह दहाड़ रहा था, और सारे अघोरी चुपचाप अपने बूढ़े अघोरी की आज्ञा का इंतज़ार कर रहे थे। शम्भु अभिषेक को एक टक देख रहा है, जो उसके सामने जीप में बैठा मानो माहौल सूँघ रहा हो। अभिषेक की नज़र मंदिर की सीढ़ियों पर पड़े

उस स्टील के टिफ़िन पर हैं, जो उसने अपने घर में देखा है। उसकी आँखों में कोई गहरा प्लान चल रहा है।

कोई जवाब या हलचल न मिलने पर, मिंटू गाड़ी से हॉकी निकालता है और मारने के लिए आगे बढ़ता है। मिंटू के साथ अब आठ-दस लौंडे हॉकी स्टिक लिए आगे बढ़ते हैं। शम्भु अब भी अभिषेक को घूर रहा है, और अचानक अभिषेक को एहसास होता है कि उसकी गाड़ी पीछे जा रही है। रात के अंधेरे में उसे कुछ समझ नहीं आता।

मिंटू तिवारी भैया जी की गाड़ी पीछे जाते देख चिल्लाता है:

"ऐ..... कौन है.... बे...?"

गाड़ी अब तेज़ी से मानो रिवर्स डिरेक्शन में भाग रही थी। मिंटू सबको चिल्लाते हुए कहता है:

"गाड़ी में बैठो... सब.. तुरंत।"

सारे लौंडे डर के मारे गाड़ी में बैठ जाते हैं, और भैया जी की गाड़ी को पीछे जाता देख उसके पीछे-पीछे धीरे-धीरे गाड़ी भगाते हैं। अघोरियों का झुंड इन शहरी गुंडों को पीछे जाता देख ख़ुशी से उनके पीछे-पीछे "बम बम भोले" का नारा लगाते हुए मानो खदेड़ रहा है।

शशि मंदिर के पीछे से ताकती है और उसे अभिषेक शुक्ला की गाड़ी पीछे जाती दिखती है, जिसे भैरव अपने पूरे दम से पीछे से खींच रहा है। शशि अपने भाई को इस हालत में देख भैरव पर भुनभुनाती है:

"हमारे भाई को गुस्सा दिखा रहा है?"

भैरव शमशान के मुहाने पर मानो जीप को अपने हाथों से पटकता है। अभिषेक शुक्ला गाड़ी को रुकते देख फट से नीचे उतरता है और पीछे भैरव पर लपकता हुआ कहता है:

"अबे ओ बेटी....."

भैरव उसे बस घूरता है, और अभिषेक रुक जाता है। सारे लौंडे गाड़ियों से बाहर आते हैं, भैरव अभिषेक को मानो चेतावनी देता हुआ:

> *"आज के बाद ये तेरी लक्ष्मण रेखा है।*
> *इसके आगे आने की हिम्मत मत करना।"*

ये कहकर, माथे पर पसीना लिए हाँफते हुए वह आगे बढ़ता है। अभिषेक अब माहौल समझ चुका था, उसे मानो सारा उपाय सूझ चुका था। अभिषेक तिवारी को अक्सर गिरगिट तिवारी भी कहते थे, क्योंकि वह समय और हालात के हिसाब से पलट जाता था। पर उसकी कूट नीति चाणक्य से कम नहीं थी।

> *"कौन साला हॉकी निकाला?*
> *कौन है?"*

अपने ही लौंडों पर चिल्लाते हुए:

> *"हमारे पूजनीय गुरुओं पर तुम हॉकी चलाओगे साले?"*

भैरव जाते-जाते रुककर शम्भु के पास जाता पलटकर देखता है। अभिषेक किसी भक्त की तरह हाथ जोड़ता है:

> *"हम इनकी बदतमीज़ी के लिए माफ़ी माँगते हैं।"*

शम्भु और भैरव के करीब आते हुए:

> *"बड़े गुरु जी चाहते हैं कि आप इस संबंध को सही करें।"*

शम्भु उसे घूरता हुआ मानो उसे षड्यंत्र की बू आ रही हो:

> *"होली के दिन से अच्छा कौन दिन होगा?*
> *हमारा निवेदन स्वीकार करिए।"*

शम्भु कोई जवाब नहीं देता, सिर्फ़ उसकी आँखों में सवाल झलकता है:

"हमें आप सबका इंतज़ार रहेगा।"

ये कहकर, अभिषेक जीप में बैठता है और लौंडों को निकलने का इशारा करता है। धड़ाधड़ गाड़ियाँ शमशान से बाहर निकलती हैं। जाते-जाते अभिषेक शुक्ला कोने में खड़ी स्पेंडर को घूरता हुआ निकल जाता है।

शशि शुक्ला भागकर भैरव की तरफ़ आती है, चिल्लाते हुए:

"तुम्हारी हिम्मत कैसे हुई हमारे भाई को परेशान करने की?"

भैरव बस कुछ पल के लिए घूर के शशि को देखता है। उसने नहीं सोचा था कि जिसे वह अभी खींचकर बाहर कर आया है, उसकी बहन यहीं इसी शमशान में उसे भोजन करा रही थी।

शशि अब भी ग़ुस्से में उसे सुनाए जा रही है:

"तुम अपने सामने किसको कुछ समझते हो?
सब बर्दाश्त कर लेंगे......
पर अगर हमारे भाई की तरफ़ देखे ना... तो..."

गूँगा पास खड़ा सब सुन रहा है। ये जानकर कि शशि अभिषेक शुक्ला की बहन है, वह भी हैरान है, पर फिर वह इस बात से खुश है कि होली के दिन ये मंडली शुक्ला परिवार की रसोई ख़ाली करने वाली हैं। वह ख़ुशी से शशि को इशारा करता है। अपने हाथों के इशारे से वह शशि को कुछ समझा रहा है और शशि किसी अंग्रेज़ी खेल की तरह गेस कर रही है:

"क्या...
बोल रहे हो...?
हमारे भाई..।
हाँ... आगे...

तुमको बुलाए...
कहाँ...?
अपने घर...
मतलब...... हमारे घर?"

ख़ुशी से हंसते हुए:

"हमें मतलब। सबको।?"

गूँगा ख़ुशी से हाँ में सर हिलाता हुआ:

"लेकिन कब...?
होली..."

शशि की ख़ुशी का ठिकाना नहीं है। वो ख़ुशी से भैरव के पास आते हुए कहती है:

"अब हम आपको होली पे मिलेंगे... जाना है।
बाहर तक रास्ता दिखाएँगे, बहुत अंधेरा है।"

भैरव अंधेरी रात में आगे चल रहा है। उसके हाथों में त्रिशूल है, जिसका मुँह उसकी कलाइयों को खरोंच रहा है और दूसरा कोना शशि शुक्ला पकड़े उसके पीछे-पीछे चल रही है:

"तुम लोग होली तो खेलते हो ना...?
या वह भी पाप है...?"

भैरव कोई जवाब नहीं देता और आगे बढ़ता जाता है।

"तुम आओ। तुम्हें तो हम लाल रंग का भूत बनाएँगे।"

हँसते हुए वह मानो स्वप्न में हो। भैरव धीरे से बुदबुदाता है:

"उस संसार से मेरा नाता कब का टूट चुका है।"

शशि रुक कर अब त्रिशूल छोड़ते हुए:

"आना तो पड़ेगा..."

शशि स्पेंडर की तरफ़ बढ़कर उसपर बैठते हुए

"

और हम आपका इंतज़ार करेंगे।
इस बार शशि शुक्ला पे। पहला रंग ये अघोरी ही डालेगा।"

शशि किक मारती है और निकल जाती है। भैरव अब भी वहीं खड़ा उसे पुल पार करता देख रहा है। बहुत देर तक वह हांथों में त्रिशूल लिए उन रास्तों पर देखता रहा, जो संसार कि तरफ़ जा रहे थे और जब वह पलटा तो सामने शंभु खड़ा था। दोनों की निगाहें कह रही थी मानो शम्भु सब समझ रहा हो पर बरसों से उनके बीच कोई बात नहीं हुई थी।

7

होली

शशि अपने कमरे में किसी आलसी जलपरी की तरह अपने बिस्तर पर उलटे लेटी है, नींद की आगोश में डूबी हुई। सूरज की तेज किरणें उसके चेहरे की बिंदी तक पहुँच चुकी हैं, जो सोते-सोते उसकी दोनों आँखों के बीच खिसक गई है। उसकी आँखों पर उन किरणों का स्पर्श मानो उसे जगाने की कोशिश कर रहा हो, जैसे सूर्य देवता भी उसके जागने को आतुर हों। ढोल की तेज ध्वनि उसकी नींद को तोड़ने की जिद्द कर रही है, और वह किसी छोटे बच्चे की तरह अपने बंद चिपके होंठों को खोलते हुए चिल्लाती है:

"दीदी!"

तभी राधा, चाय का कप लिए दौड़ती हुई कमरे में आती है:

"उठ गईं? चार बार जगा चुके हैं आपको
नीचे पूरा मोहल्ला इंतज़ार कर रहा है।"

शशि मुश्किल से अपनी आँखें खोलकर राधा की बात सुनने की कोशिश करती है।

"अरे दीदी, आज होली है... भूल गईं क्या!"

शशि झट से उठकर बैठ जाती है। उसे पता था कि बाहर एक बड़ा हजूम उसका इंतज़ार कर रहा था। राधा अपने पल्लू से थोड़ा रंग निकालकर शशि की तरफ़ बढ़ती है, जिसे देख शशि पीछे हटती है और उठ खड़ी होती है। दूर से चिल्लाते हुएः

> *"देख नहीं रही हो, पूरा मोहल्ला बाहर हमारा इंतज़ार कर रहा है!"*

शशि बिस्तर से कूदती है, जैसे कोई खेल शुरू हो चुका हो। राधा भी हँसते हुए पीछे नहीं हटती, वह भी इस खेल में शामिल हो जाती है, शशि दीदी को रंगने की जिद्द करते हुए।

शशि बड़बड़ाते हुए कहती हैः

> *"लड़कों में होड़ लगी होगी कि कौन सबसे पहले शशि शुक्ला*
> *पर रंग डालेगा,*
> *और तू उन सबके अरमानों पर पानी फेरना चाहती है!"*

यह कहते हुए शशि हँसते हुए कमरे से बाहर भागती है। तभी श्वेता रंग से भरी थाली लेकर उसके ऊपर उड़ेल देती है।

एक पल के लिए शशि ठिठक जाती है। मानो उसका कोई बहुत बड़ा व्रत टूट गया हो। लाल अबीर से रंगे हुए उसके गालों पर अब गीले आँसुओं की रेखा उतर आई थी। श्वेता हँसते-हँसते अचानक गंभीर हो जाती है, जब उसे शशि की आँखों में आँसू नजर आते हैं। वह परेशान हो जाती है, यह सोचकर कि उसने कोई गलती कर दी।

शशि जैसे अपने दिल पर हाथ रखते हुए कहती हैः

> *"हमारी सारी बड़ी-बड़ी बातें... ख़त्म हो गईं।*
> *हमने पाप कर दिया... बहुत बड़ा पाप।*
> *अब वो नहीं आएँगे।"*

श्वेता हड़बड़ी में शशि के पास बैठकर पूछती हैः

"बिट्टो, क्या हुआ?
       कौन नहीं आएगा?"

शशि अचानक श्वेता को झटकती है और अपने कमरे में भागकर दरवाज़ा बंद कर लेती है। श्वेता बाहर से दरवाज़ा पीटते हुए कहती है:

"बिट्टो, सॉरी!
       क्या हुआ है?"

अंदर से शशि जोर से चिल्लाती है:

"दीदी, आप जाइए यहाँ से, हमारी होली आपने बर्बाद कर दी!"

श्वेता की आँखों में आँसू आ जाते हैं, जैसे उसने सच में बहुत बड़ा गुनाह कर दिया हो। वह भरे गले से कहती है:

"बिट्टो, अभी एक घंटे में तुम्हारा गुस्सा ठंडा होगा, तो जिद्द करोगी।
       अभिषेक बोल के गया है कि दो घंटे में कुछ बाबा आने वाले हैं।
       उसके बाद नीचे नहीं जा पाओगी।
       अभी जाकर होली खेल लो।"

अचानक शशि का दरवाज़ा खुलता है, और वह लाल रंग में सराबोर, मुस्कुराते हुए खड़ी होती है:

"कौन आने वाला है दीदी?"

जैसे उसे भैरव की आहट मिल चुकी हो।
       श्वेता जवाब देती है:

"वही कुछ मंदिर के बाबा हैं।
उससे पहले होली खेल लो।"

शशि समझ जाती है कि उसका व्रत नहीं टूटा था, और भैरव का आगमन नज़दीक था। वह श्वेता के आँसू पोंछते हुए कहती है:

"गड़बड़ तो कर दी हो दीदी, पर भगवान कहते हैं, गंगा जल
से नहा लो तो सब शुद्ध हो जाता है।
अब शशि शुक्ला को तैयार होने दो, जाओ आप।"

शशि फिर से दरवाज़ा बंद कर लेती है, और अंदर की तैयारियों में जुट जाती है।

๛

इलाहाबाद की होली का मतलब होता था अमिताभ बच्चन के गाने, उनपर थिरकते लोग और ख़ुद को भंग में डूबोए हुए भंगेडी, जो सुबह-सुबह सील-बट्टे पर भांग पीसते और फिर ख़ुद ही उसे चढ़ा लेते थे। होली यहाँ केवल रंगों का त्योहार नहीं, बल्कि एक जंग का मैदान हुआ करती थी। घरों की चौखटें मानो रणभूमि बन जातीं, जहाँ दुश्मन भी दोस्ती का नक़ाब ओढ़कर आते थे। पुरुषों की टोली एक-दूसरे पर रंग डालते हुए जश्न मनाती थी, जबकि औरतों को त्यौहार से दूर रखा जाता था, मानो उनका इससे कोई लेना-देना ही न हो। उनकी दुनिया तो घर के आँगन तक सिमटी रहती थी, जहाँ वह एक-दूसरे को हल्के से रंग लगाकर ही संतुष्ट हो जातीं। दूसरी तरफ, कई औरतें चूल्हे पर मठरियाँ और गुझिया तलने में व्यस्त रहतीं, ताकि त्योहार की मिठास बनी रहे।

लेकिन शशि शुक्ला इस नियम से अलग थी। वह अकेली ऐसी औरत थी, जो होली के मैदान में उतर सकती थी। शशि शुक्ला को रोक पाना किसी के बस की बात नहीं थी। बेली कॉलोनी के लड़के पिछले एक घंटे से ढोल पीट-पीट कर थक चुके थे, पर शशि का कहीं अता-पता नहीं था। मोहल्ले का पूरा हुजूम उमड़ आया था, चोंगों पर "रंग बरसे भीगे चुनर वाली" गाने का रे-कार्ड किया हुआ कैसेट रिपीट पर बज रहा था।

छोटा सुभाष शशि दीदी का इंतजार कर रहा था, क्योंकि उसकी बहादुरी का असली मौका तभी आता जब शशि दीदी मैदान में उतरतीं। शशि की हरकतें, उसका अंदाज़, सबके लिए प्रेरणा थी। रमेश, जो स्कूल में शशि के साथ ही होली खेलता आया था, आज भी शशि के आने का इंतजार कर रहा था। यह वही शशि थी जिसने रमेश को ये फ़िल्मी होली के क़ायदे सिखाए थे। सागर, जिसने अभी-अभी I.S परीक्षा पास की थी, आज शशि को सरप्राइज़ करने के लिए आया था। डिंपल और स्नेह सिविल लाइंस से चलकर आई थीं, पर अब तक शशि के बिना होली की रंगत फीकी लग रही थी। उनके लिए शशि का न आना मानो वृंदावन का राधा के बिना सूना हो जाना था।

अचानक, ढोल की आवाज़ तेज़ हो जाती है। सबके कंधे उत्साह में चढ़ जाते हैं। हरे दरवाज़े से हल्की गुलाबी क़मीज़ पहने शशि शुक्ला नज़र आती है, अपने बालों को तौलिये से सुखाते हुए। वह मुस्कुराती हुई सबको देखती है। पूरा हुजूम उसकी ओर दौड़ता है, मानो बस उसपर रंग उड़ेल देने की तैयारी हो। पर शशि तुरंत हाथ उठाकर चिल्लाती है—

"कोई रंग नहीं लगाएगा हमें।
डॉक्टर मना किए हैं, इन्फ़ेक्शन हो गया है।"

उसके इस ऐलान पर सबके चेहरे उतर जाते हैं, जैसे त्यौहार की रौनक ही चली गई हो। ढोल की आवाज़ भी धीमी पड़ जाती है। पर शशि अपने दोस्तों के लटकते हुए चेहरों को देखती है और फिर ज़ोर से चिल्लाती—

"पर हम तो लगा सकते हैं ना!"

उसकी बात सुनकर सबके चेहरों पर फिर से रंग लौट आता है। शशि अपनी चपलता से थाली से अबीर भर लेती है और सबको चेतावनी देती है—

"हम पर कोई रंग नहीं डालेगा, नहीं तो हम जल जाएँगे!"

फिर वह शरारती मुस्कान के साथ दौड़ पड़ती है और सबको अबीर से रंगने लगती है। उसकी शरारत और धमाचौकड़ी से सब हँसी-मज़ाक के माहौल में डूब जाते हैं। शशि की सहेलियाँ उसे भीड़ में खींचकर ले जाती हैं, जहाँ बेली कॉलोनी के लड़के ढोल बजा रहे होते हैं। वहाँ पूरा हुजूम उनके साथ नाच रहा होता है।

शशि सावधानी से भीड़ के बीच से निकलती है, हर क़दम पर उसे इस बात का डर रहता है कि कहीं कोई उसे रंग न डाल दे। पर लोग उसे आदर से बस देखते रह जाते हैं। जैसे ही वह बीच के ख़ाली मैदान पर पहुँचती है, अचानक एक ढेर सारा लाल रंग उसकी तरफ़ उछलता है और उसे पूरी तरह रंग देता है। शशि अपनी आँखों से रंग साफ़ करती हुई गुस्से में सामने देखती है।

सामने भभूत में लिपटा, अपनी जटाएँ खोले, भैरव खड़ा है, जो उसे एकटक ताकता मुस्कुरा रहा है। उसकी आँखों में एक अजीब-सा सम्मोहन है। भैरव के पीछे अघोरियों का एक झुंड बैठा है, जिसे भैयाजी के लड़के पीपल के पेड़ के पास बिठा रहे हैं जहां भंग चढ़ रही है । भैरव अकेला भांग के नशे में शशि के लिए ही आया था, यह देख शशि की आँखों में ख़ुशी के आँसू छलक आते हैं। उसके लिए यह पल जैसे किसी सपने से कम नहीं था।

ढोल बजने बंद हो जाते हैं, और पूरा हुजूम शशि को घूरने लगता है। सभी चिंतित हैं कि डॉक्टर ने उसे रंग लगाने से मना किया था, और अचानक भैरव का यह क़दम उन्हें चौंका देता है। भीड़ में कुछ लड़के भैरव से लड़ने को तैयार हो जाते हैं। इससे पहले कि बात हाथ से निकले, शशि पास पड़ी थाली से रंग उठाकर भैरव की ओर फेंकती है और माहौल एकदम बदल जाता है। भैरव हरे रंग से सराबोर हो जाता है और ढोल की आवाज़ फिर से गूँज उठती है। अब शशि शुक्ला ने नाचना शुरू कर दिया था।

शशि अब भैरव को नाचते-नाचते देख रही थी, दोनों पर रंगों की बौछार हो रही थी, पर शशि जैसे पूरी तरह उस वैरागी में खो चुकी थी। भैयाजी के कुछ लड़के आते हैं और भैरव को बरगद के पेड़ की ओर जाने का इशारा करते हैं। भैरव वहाँ से चल देता है, पर जाते-जाते वह एक बार

मुड़कर शशि को देखता है। शशि उसे जाते हुए देखती है, तभी अंशुल को देख वह ज़ोर से आवाज़ देती है—

"अंशुल!"

अंशुल रुक जाता है। बाकी लड़के भैरव को लेकर आगे बढ़ जाते हैं, पर अंशुल वहीं खड़ा रहता है। शशि उसके पास आती है और मुस्कुराते हुए कहती है—

"तुम रंग नहीं लगाओगे हम पर?"

अंशुल उसे घूरते हुए कहता है—

"आपके रंग देख रहे हैं हम।
बेवकूफ़ मत समझना हमको आप।"

अंशुल के इन शब्दों में एक तल्ख़ी थी, मानो वह कुछ और कहना चाहता हो, जिसे शशि समझ नहीं पा रही थी। उसकी आँखों में कुछ ऐसा छिपा था, जो शशि के दिल को धक-धक करने पर मजबूर कर रहा था। शशि उसे रोकना चाहती थी, कुछ कहना चाहती थी, लेकिन अंशुल बिना कुछ और कहे आगे बढ़ गया। यह पहली बार था जब शशि शुक्ला ने अंशुल की इतनी खुली ज़ुबान सुनी थी।

तभी पीछे से श्वेता ने आवाज़ लगाई,

"शशि, अंदर आओ।"

शशि चौंकी, और फिर घबराहट में भीड़ को चीरते हुए घर की ओर बढ़ी। वह जानती थी कि कुछ गड़बड़ थी। जो लोग डॉक्टर वाली बात सुनकर रुके हुए थे, वे अब शशि को रंग देना चाहते थे, जिससे उसका घर तक पहुँचना मुश्किल हो गया था।

पूरी तरह भीगी, हर रंग में लिपटी शशि काँपते दाँतों के साथ घर के दरवाज़े पर पहुँची। भीतर आते ही उसने देखा कि पूरा परिवार मंडली में

बैठा था। श्वेता उसे अंदर खींच लाई और वह खुद एक कोने में जाकर खड़ी हो गई। बड़े गुरुजी आँगन में तख़्त पर बैठे थे, और मास्टर साहब बरामदे से झाँक रहे थे, उनका चेहरा कहीं छिपा हुआ था। भैयाजी के कुछ ख़ास लोग वहाँ मौजूद थे, जिनमें अंशुल भी शामिल था।

अभिषेक शुक्ला शशि को गुस्से से घूर रहा था। उसका चेहरा सख़्त और आँखों में आग थी। शशि ने माहौल को भांप लिया था—यहाँ कोई अनहोनी घटने वाली थी। बाहर की हँसी-ठिठोली और किलकारियाँ अचानक से खामोश हो चुकी थीं।

अभिषेक ने गुस्से में उसकी ओर बढ़ते हुए कहा,

"कॉलेज के बाद कहाँ सैर चल रही है तुम्हारी?"

शशि ने चौककर अंशुल की ओर देखा, जो अभिषेक के साथ खड़ा था लेकिन उसकी आँखों से बचने की कोशिश कर रहा था। अभिषेक चुपचाप खड़ा उसकी प्रतिक्रिया का इंतज़ार कर रहा था, और शशि की आँखों में आँसू भर आए। वह कभी नहीं सोच सकती थी कि यह बात उसके भाई तक पहुँच जाएगी। इतनी बड़ी धोखाधड़ी का एहसास होते ही उसके भीतर का संतुलन बिगड़ने लगा। अभिषेक का सब्र टूटने लगा और वह चीखते हुए बोला,

"बोलेगी बिट्टो?"

शशि काँप रही थी। उसकी ठंड और डर दोनों उसके दाँतों को किटकिटा रहे थे। वह जवाब देना चाहती थी, लेकिन उसकी आवाज़ फँस चुकी थी। श्वेता ने स्थिति को संभालने की कोशिश करते हुए शशि के पास आकर कहा,

"बिट्टो, सब सच-सच बता दो अभिषेक को।
क्या इसने तुम पर कोई तंत्र-मंत्र किया?"

शशि का मन पूरी तरह से सन्न था। अभिषेक ने शशि का हाथ पकड़ लिया और गुस्से में घसीटते हुए कहा,

"हम इसका सारा भूत आज उतारते हैं।"

अभिषेक उसे बाहर की ओर घसीटने लगा, और जैसे ही भैयाजी बाहर आए, सारा नाच-गाना बंद हो गया। मास्टर साहब घबराकर बाहर की ओर भागने लगे, लेकिन आज वह अपनी बेटी का साथ नहीं दे सके। श्वेता घबराकर रोते हुए शशि के पीछे-पीछे भागी।

बाहर अभिषेक ने सभी के सामने शशि से कड़े सवाल पूछने शुरू किए, और शशि को इस अपमान के बीच अपनी कोई उम्मीद नज़र नहीं आ रही थी। उसकी नज़रें भैरव की ओर गईं, जो कुछ दूरी पर अघोरियों के झुंड के साथ बैठा था। उसके मुँह में ज़बरदस्ती भांग ठूँसी जा रही थी, और वह बेसुध सा लग रहा था।

अभिषेक ने फिर से चीखते हुए कहा,

"काहें जाती हो तुम शमशान?
क्या किया इसने तुम्हारे साथ?"

अभिषेक शायद ये सामूहिक क़बूलनामा चाहता था। शम्भु भीड़ देख उठ शशि की तरफ़ बढ़ने लगा है। भैरव बेसुध भांग पिए जा रहा था, इस ख़तरे से अनजान और अभिषेक समाज के सामने इन अघोरियो को दबाना चाहता था। उसने तो जैसे बटेर मारी थी, वह शशि के क़रीब आता हुए उससे पूछता है।

"बिट्टू... साफ़ साफ़ बता दो।
हमारे अंदर का रावण मत जगाओ... ।
काहें गई थी तू शमशान...?"

शशि की आवाज़ नहीं निकल रही है, वह तो अब भी भैरव को ताक रही है जो उससे थोड़ी दूरी पर है। अभिषेक की बातों का जवाब ना मिल वह

पलट कर एक बार भैरव को देखता है और हँसता है। मानो उसे पता हो की इस नाटक का अंत क्या था। शशि के पास आके धीरे से भुनभुनाते हुए

> *"अब... तुम हमको माफ़ कर देना।*
> *अब ये करना पड़ेगा।"*

अचानक वह बेल्ट से कट्टा निकालता है और शशि के बाल खींचकर उसकी माथे पर रख देता है। बड़े गुरुजी को एहसास भी नहीं था कि अभिषेक क्या करने की कोशिश कर रहा था। मास्टर साहब और श्वेता का रो-रो के बुरा हाल है। पूरे मुहल्ले की लाइली शशि के साथ ये होता देख लोग बर्दाश्त नहीं कर पाते पर अभिषेक शुक्ला के सामने ये सारे नामर्द थे।

अभिषेक जानता था कि इस अघोरी का अपनी बहन से नाता जानने का ये तरीक़ा काम आएगा और वैसा ही हुआ। भैरव की नज़र जैसे ही दूर खड़ी शशि पर बंदूक़ ताने अभिषेक पर पड़ी वह मानो लाल हो गया। भैरव लौंडो को हटा कर किनारे करता हुआ उठकर भीड़ की तरफ़ भागता है। उसे देख अब बाक़ी अघोरी भी भीड़ के तरफ़ बढ़ते हैं। अभिषेक जैसे जानता हो की ये होगा।

दूर से आ रहे भैरव को देख अभिषेक भयभीत होता है। उसने इस बलवान का बल शमशान में देख लिया था, वह जानता था कि भैरव अकेला उसकी पूरी सेना को चित कर सकता था। वह तो उसकी कमज़ोरी को ही हथियार बना रहा था, शशि को देख के भुनभुनाता है।

> *"देखो।*
> *आ गए ना...... तुम्हारे बाबा।"*

शशि बदहवास अब भी अपने खिंचते बालों से दर्द में है। रो-रो कर उसके रंगे हुए चेहरे पे, आँखों से दो रेखाएँ खिंच चुकी हैं। अभिषेक का गुस्सा उसकी मुट्ठियों के प्रभाव से शशि को महसूस हो रहा है। अभिषेक शशि को देखता हुआ अपने चेलों को चिल्लाता है।

"मारो साले को"

भाग कर आ रहे भैरव पर 20-30 लौंडे टूट पड़ते हैं।

शम्भु और अघोरियों का झुंड आगे आकर भैरव का बचाव करना चाहते हैं पर भीड़ से थोड़ी दूर पर ही पुलीस वाले उन्हें रोक लेते हैं। अभिषेक शुक्ला ने पूरा गेम सेट कर रक्खा था, शम्भु चिल्लाता हुआ दरोग़ा से

"भैरव को कुछ हुआ तो जला देंगे सबको।"

पोलिस वाला गुस्से में उसे दुतकारता हुआ

"पंडित जी की लड़की पर जादू टोना करके दुश्मनी निभा रहे हो।
और हमको ज्ञान पेल रहे हो।"

लौंडे हॉकी स्टिक और बैट से भैरव को पीट रहे हैं। कुछ उसके लम्बे-लम्बे पैरों पर धड़ा धड़ हॉकी के कोनो से मानो उसे छोड़ना नहीं चाहते और कुछ अपने मोटे-मोटे पैरों के जूतों से उसके मुँह पर मार रहे हैं। भैरव के शरीर से मानो लाल रंग निकल रहा था। लम्बी जटाएँ फैलाए वह बस ज़मीन पर पड़ा दर्द से कराह रहा था। भैरव को इस हाल में देख शशि चीख़ उठती है। अभिषेक से मानो भीख माँगते हुए।

"भैया......
जाने दो उसकी कोई ग़लती नहीं हैं।"

अभिषेक घूर कर ज़ोर से चिल्लाते हुए

"तो किसकी ग़लती है?"

शशि डर के भैरव को देखती है, जो लहू लूहान पड़ा है। उसका पूरा चेहरा ख़ून से लाल हो चुका है, लौंडे अब भी उसे पीटे जा रहे हैं। शशि रोती

चिल्लाते हुए

"भैया! छोड़ दो मत मारो.."

अभिषेक गुस्से में दाँतों को पीसता

"काहें जाती हो तुम शमशान?"

शशि डर जाती है।

"का किया है इसने तुम्हारे साथ?"

कपकपाटे होठों से पूरी भीगी हुइ बस अपना सर ना में हिला रही है।

"बोल बिट्टो छोड़ देंगे इसको।"

अभिषेक उसे मजबूर करते हुए।

"का चल रहा तुम्हारे बीच?"

शशि अब एक टक भैरव के चेहरे को देखती है। जो मानो स्वर्ग लोग सिधार गया है। लौंडे अब भी उसे पीट रहे हैं पर उसके शरीर से कोई प्रक्रिया नहीं हो रही। शशि उसे देखती भुनभुनाती है।

"हम!
    प्यार करते हैं इनसे।"

यह सुनकर पूरा माहौल सन्न हो गया। लोग खुसर-फुसर करने लगे। अभिषेक के चेहरे पर क्रोध की लहर दौड़ गई, लेकिन फिर उसने थोड़ी नरमी दिखाते हुए कहा,

"और ये महानुभाव?"

शशि ने भैरव की ओर देखा, जो अब भी बेहोशी की हालत में था, और धीरे से बुदबुदाई,

> *"हमें लगता है...*
> *ये भी हमसे प्यार करते हैं।"*

भैरव, जो अब तक बेसुध पड़ा था, उसकी आँखें अचानक खुलीं और उसने शशि की ओर देखा, मानो वह इस बात से असहमत हो। यह देखते ही अभिषेक फिर से चीख़ा और अपने लोगों को आदेश दिया,

> *"मारो साले को!"*

लौंडे भैरव पर टूट पड़े। हॉकी स्टिक और बैट से उसकी पिटाई की जा रही थी। भैरव का शरीर खून से लथपथ हो गया था, और शशि चीख-चीख कर अभिषेक से भैरव को छोड़ देने की भीख माँगने लगी वह गुस्से में आकर शशि के चेहरे पर एक जोरदार तमाचा जड़ता है, जिससे शशि बेसुध होकर ज़मीन पर गिर पड़ती है।

8

अंतराल

शशि की आँखें अचानक खुलती हैं। वह ख़ुद को अपने कमरे में अकेले पाती है। बाहर घोर काला अँधेरा छाया हुआ है। उसके चेहरे पर अब भी उस थप्पड़ की जलन है, लेकिन उससे भी ज्यादा, उसे भैरव का खून से लथपथ चेहरा याद आता है। वह उठकर खिड़की से बाहर मंदिर की ओर देखती है, जो शून्यता में घिरा हुआ और सन्नाटे में डूबा है। दूर-दूर तक किसी का कोई निशान नहीं। शशि घबराकर दरवाज़े की तरफ़ दौड़ती है, लेकिन दरवाज़ा बाहर से बंद है। वह ज़ोर से दरवाज़ा पीटते हुए चिल्लाती:

"श्वेता दीदी...!"

वह रोते हुए दरवाज़े को पीट रही है। कुछ पलों बाद दरवाज़ा खुलता है, और शशि श्वेता से लिपटकर जोर-जोर से रोने लगती है। श्वेता उसे कमरे में लाते हुए गुस्से में कहती है:

"का कर दिया तूने, बिट्टो?"

शशि मासूमियत से होंठों को बाहर निकालते हुए भोला चेहरा बनाकर जवाब देती है:

"हम कुछ नहीं किए, दीदी...

हमको बस भैरव की बहुत चिंता हो रही है।
हमें शमशान जाना है...”

श्वेता उसे फटकारते हुए चीखती है:

“तुम्हारा दिमाग ख़राब हो गया है शशि!
वो अघोरी जादू कर दिया है तुम पर?
अब कोई अघोरी शुक्ला निवास के आस-पास नहीं दिखेगा।”

शशि को आज पहली बार श्वेता में अभिषेक की झलक दिख रही थी। वह चुप थी, शायद समझ गई थी कि अब उसकी लड़ाई अकेली की थी। उसे तो यह भी नहीं पता था कि उसके भाई ने भैरव के साथ क्या किया है। श्वेता बड़बड़ाते हुए कहती है:

“इतना मारे हैं उसको, मर गया होगा।
और बचा होगा भी तो भाग गया होगा।”

यह सुनकर शशि का दिल टूट जाता है। उसे भैरव का चेहरा याद आता है। श्वेता उसके पास आकर उसे और दुत्कारते हुए कहती है:

“अब तुम्हारी पढ़ाई-लिखाई सब बंद।
बनारस जाने की तैयारी करो शशि।
अब तुम्हारी बुआ ही तुम्हें संभालेंगी।
अभिषेक तुम्हें इलाहाबाद में एक पल भी नहीं रहने देना चाहता।”

शशि मंदिर की ओर ताकते हुए, मानो खुद से बड़बड़ाते हुए बोलती है:

“वो हमको बिना बताए कहीं नहीं जाएगा...”

श्वेता और चिढ़कर चिल्लाते हुए कहती है:

"चला गया वो! तुझे जहन्नुम में डालकर।"

फिर, उसे ताने देते हुए कहती है:

*"फ्रीडम हासिल करने के लिए ढंग से रहना पड़ता है, बिट्टो।
तुमने फ्रीडम का सबसे ज़्यादा फ़ायदा उठाया है।"*

श्वेता दरवाज़े को ज़ोर से बंद करती है और बाहर से ताला लगा देती है। शशि खिड़की से सूनसान मंदिर को ताकती रहती है। उसे पूरा यक़ीन था कि सुबह शंख बजेगा और उसकी ये बेचैनी ख़त्म हो जाएगी। घोर रात में वह चाँद को ताकते हुए आश्वस्त थी कि सब ठीक होगा।

पाँच दिन बीत चुके थे। शशि अब भी अपने कमरे में बैठी थी, वही कपड़े पहने हुए, भैरव के लौटने की उम्मीद में। हताशा उसे घेरने लगी थी, पर सातवें दिन, जब उसके मनोबल टूटने को था, मंदिर से शंखनाद की आवाज़ आई। वह आवाज़ सुनते ही शशि के चेहरे पर एक नई रोशनी आ गई। उसे यकीन हो गया कि भैरव ठीक है। उसने मुस्कुराते हुए आँसू बहाए और मंदिर की ओर जाने का निर्णय किया।

शशि ने सारी तैयारी की, खिड़की से बाहर कूदी, और यमुना नदी की ओर बढ़ चली। गर्मी के कारण नदी का पानी सूख चुका था, लेकिन रात के अंधेरे में उसे पार करना आसान नहीं था। पर उसकी व्याकुलता उसे आगे बढ़ाए जा रही थी। जैसे ही उसने अंतिम शंखनाद सुना, उसके कदम और तेज़ हो गए। वह भैरव से मिलने को तैयार थी, जैसे कोई मीरा अपनी आराधना के लिए चली हो।

शमशान पहुँचने पर उसे कुछ अघोरी साइकिलों पर निकलते दिखे, लेकिन वह अपनी नज़रें चुराकर मंदिर की ओर बढ़ गई। चारों ओर सन्नाटा था। वह जोर से चिल्लाई:

"भैरव!"

लेकिन उसकी आवाज़ सुनने वाला कोई नहीं था। वह पगली-सी रोते हुए पुकारने लगी:

"भैरव!"

तभी चिता की रोशनी से शंभु आता दिखता है। उसके चेहरे पर गुस्सा है। शशि के पास आकर वह बोलता है:

"अब का लेने आई है तू?"

शशि डरते हुए रोकर कहती है:

"भैरव ठीक है?"

शंभु गुस्से में चिल्लाता है:

"जीवित छूट गया...
     तू और तोहरे भाई ने जो षड्यंत्र रचा, ओमे फँस गवा...
     एक अघोरी पर सबसे बड़ा इल्ज़ाम लगाई है तू...
     मोह का इल्ज़ाम।
     हमार भैरव ऐसा कभऊँ नहीं कर सकत"

शशि उसकी बात काटते हुए कहती है:

"कहाँ है वो? हमें देखना है उसे।"

शशि इधर-उधर देखती है, तो शंभु और ज़ोर से चिल्लाता है:

"चला गया वो..."

शशि स्तब्ध रह जाती है:

"चला गया?
     मतलब... कहाँ चला गया?"

शंभु मानो उसे कोसते हुए कहता है:

"प्रयाग से दूर..., ओके घर से दूर।"

शशि रोते हुए चिल्लाती है:

> *"ऐसे कैसे चला गया...?*
> *बिना हमें बताए...*
> *भैरव...!"*

शंभु मानो उसे धिक्कारते हुए कहता है:

> *"तूने उसकी माँ से अलग किया है उसे।*
> *संगम घाट पर उसकी माँ थी।*
> *बचपन से दूर किया है तूने उसे।"*

शशि शंभु के पैरों पर गिर जाती है और रोते हुए कहती है:

> *"बस एक बार हमें उससे मिलने दो। कहाँ है वो?*
> *हमें बस एक बार उससे बात करनी है।*
> *वो हमें ऐसे छोड़ के नहीं जा सकता..."*

शंभु ने एक पल के लिए ठिठककर शशि को देखा, लेकिन फिर उसकी आँखों में वही कठोरता लौट आई। वह उसे अपने पैरों से दूर धकेलता है।

> *"हट जा!*
> *तुझे कुछ नहीं बताना है मुझे।"*

शशि ज़मीन पर गिरती है, लेकिन फिर से उठकर उसके पैरों को पकड़ लेती है।

> *"बस एक बार... हमें बताओ। हम उसके बिना नहीं जी सकते।"*

शंभु की आँखों में क्रोध बढ़ता जाता है। वह अचानक शशि के बालों को पकड़कर उसे घसीटता है।

> *"तू जानना चाहती है कहाँ है वो?*
> *चल, बता देता हूँ।*
> *देख!"*

शंभु उसे शमशान की ओर घसीटते हुए ले जाता है। शशि दर्द से कराहती है, पर वह ज़िद्दी बनी रहती है। वह शंभु के पैरों से चिपक जाती है, उसे जाने नहीं देती।

शंभु अब और उग्र हो जाता है। वह उसे ज़मीन पर धकेल देता है और गुस्से में एक डंडा उठाता है।

> *"तू सच जानने के काबिल नहीं है!*
> *तूने उसे अपनी ज़िद और मोह में फँसा दिया।*
> *वो अब कहीं नहीं है, मर गया तेरे लिए!"*

शंभु उसे मारने को तैयार होता है, लेकिन अचानक रुक जाता है। उसकी आँखों में भयंकर क्रोध था, पर वह भीतर से बिखर चुका था। वह डंडे को नीचे गिरा देता है और गहरी साँस लेता है, मानो अपनी आखिरी ताकत इकट्ठा कर रहा हो।

शशि ज़मीन पर पड़ी, आँखों से आँसू बहाते हुए कहती है:

> *"हमें सिर्फ एक बार मिलवा दो...*
> *हमसे बिना मिले वो कैसे जा सकता है?*
> *हमें उसके बिना जीना नहीं आता।"*

शंभु कुछ पल चुपचाप उसे देखता है, उसकी हताश आँखों में झांकते हुए। फिर, उसकी कठोरता धीरे-धीरे टूटने लगती है। उसने शशि की हालत देखी, और भैरव का उसके प्रति मोह उसके सामने फिर से जीवित हो उठा।

वह गुस्से में शशि से दूर हटकर चिता की ओर देखता है और फिर धीरे-धीरे बोलता है:

"तू नहीं समझेगी...।
वो अब उस जगह गया है, जहाँ लोग अपनी ज़िंदगी का
अंत ढूंढते हैं।"

शशि को अभी भी कुछ समझ नहीं आता। वह रुआंसी होकर पूछती है:

"कहाँ...? कहाँ गया वो?"

शंभु एक गहरी साँस लेकर कहता है:

"मणिकर्णिका..."

शंभु की आवाज़ मानो मंदिर की घंटियों में खो जाती है। शशि के चेहरे पर मानो हवाओं ने सन्नाटा डाल दिया हो। उसकी आँखें चौड़ी हो जाती हैं।

"बनारस..."

वह बुदबुदाती है, और आँसू उसके गालों पर बहते रहते हैं।

शंभु अब और कुछ नहीं कहता, उसे घूरता रहता है। फिर बिना कोई और शब्द बोले, वह पीछे मुड़कर अंधेरे में खो जाता है।

शशि शुक्ला, झूँसी की चुलबुली लड़की एक बार फिर उसके क़रीब जाने को अग्रसर थी जिसके लिए जीवन में प्रेम करना अपराध था। शशि उस मरुआस्थल में अकेले चली जा रही है।अगले भाग में बनारस की यात्रा में शशि को अहम भूमिका निभानी थी। दो संसारो के इस मिलन का क्या कोई गंतव्य था?